彩雲国物語

九、紅梅は夜に香る

角川文庫
22001

目次

子供を優しくなだめるような、さやかな吐息が床にこぼれた。

「……本当に、私でよろしいのですね？」

「そなたがいい」

迷いのないその響きをかみしめるように、悠舜《ゆうしゅん》は瞑目《めいもく》した。

次いで彼の唇からこぼれた微笑みは、思わず劉輝《りゅうき》がドキリとするほど優しかった。

「では主上、ひとつ、お願いをきいていただいてもよろしいでしょうか――……？」

＊　＊　＊

コツ、コツ、と沓音《くつおと》とは違う小さな音が谺《こだま》する。人柄をあらわすかのように、杖《つえ》の音は春の雨だれのようにゆっくりと響き、やがて玉座に至る階《きざはし》の少し手前で止まった。

そこには、王と向かい合うように小さな椅子がひとつ、置いてあった。

両脇にズラリと居並ぶ重臣たちの眼差しを水のように受け流し、彼は本来なら跪拝《きはい》以外許されないその場所で、ためらわずに椅子に腰をおろした。

「鄭《てい》悠舜」

王の声に、悠舜は椅子に座ったまま両の手を組み合わせ、軽く頭《こうべ》を垂れた。

「茶《さ》州での功績を鑑み、そなたを尚書省《しょうしょしょう》 尚書令に叙し、以《もっ》て一の宰相にしたい。どうか」

「条件を受けていただけますならば……」

その声があんまり穏やかで優しかったので、その場の誰もが彼が何を言ったのか、とっさにはわからなかった。

王自身も面食らった。

「……条件？」

「はい」

悠舜は微笑んだ。そしてついと指を折る。

「第一に、民を治めるにあたり仁義を重視すること、第二に、むやみな戦を慎むこと、第三に単に大貴族だからと権限ある地位につけないこと、第四に法にない官位を勝手に増やさないこと、第五に陛下のご威光を笠《かさ》に着る者の不法を厳しく取り締まること……」

やわらかな、けれどきっぱりした言葉がその場に並ぶ重臣たちに響きわたる。

霄太師《しょうたいし》は面白そうに口の端をゆるめ、宋太傅《そうたいふ》は口笛を吹きそうな顔をした。

「第六に、賄賂《わいろ》の途《みち》を塞《ふさ》ぐこと、第七に税金による道寺《てら》や離宮など無駄な造営をしないこと、第八に君臣の礼を明らかにするとともに、臣下に対して礼をもって遇すること、第九に諫言《かんげん》の途を広くひらくこと、第十にこの先、陛下のご婚姻に際してできるであろう外戚《がいせき》の政事介入を決して許さないこと……」

悠舜の十の指がすべて折られた。

「――以上十箇条、お約束いただけますなら、尚書令の位、伏して拝し奉りましょう」

ざわりと、その場が揺れた。

紅黎深《こうれいしん》が扇をひらき、黄奇人《こうきじん》が仮面の裏で呆《あき》れたように嘆息した。

「……悠舜め、やったな……」

「ちっ、甘やかして。あんな洟垂《はなた》れ小僧《こぞう》、悠舜がかばう必要などないんだ」

面白くなさそうに黎深がぶつくさ呟《つぶや》いた。

「誰もやらないから悠舜がやったんだろう。今の李絳攸《りこうゆう》や藍楸瑛《らんしゅうえい》にはできない芸当だ」

黄尚書が向けた視線の先で、絳攸と楸瑛が酢を呑《の》んだような顔をしている。

先王と違い、即位以来どこか呑気《のんき》な王の雰囲気に誤魔化されてきたが、女人国試や茶州州牧《しゅうぼく》任命の一件など、若い王が要所要所で独断専行をしてきたのは事実だ。それが、茶州の疫で押し通した数々の無茶で一気に表面化した。特に貴族連中の反発は水面下でひそかに高まっている。

けれど、今の「条件」により、王の考えは悠舜の考えにすり替えられた。不遜《ふそん》とも言える提示をすることで、王に対する矛先は今後すべて悠舜に向けられることになる。

他武官とともに隅に控えていた静蘭《せいらん》が、胸のつかえがおりた顔をした。

「――……おのが身と引き換えに絶対の忠誠を誓うというのは、本来ああいうことだ」

最後はいつも一人で立っていた王。けれど、今ようやくその手に『楯《たて》』を得る。

王は目を伏せ、微《かす》かにうつむいた。

どうして、彼がわざわざ『朝廷百官がそろう場で』任命をと『願った』のか。

——王とは、一人きりで頑張るものだと、思っていた。まさか、こんなことをしてもらえるとは思ってもいなかったから。劉輝は許しを出すまでに、少し、かかった。

「……約束、しよう」

少し震えてかすれた声に、悠舜はおっとりと微笑んだ。下官がうやうやしく進み出る。下官が掲げた漆塗りの盆から、悠舜は真っ白な羽扇をすくいあげた。軽《かろ》く、無造作な仕草で。柄に結ばれた組紐《くみひも》は、紫の禁色と七の準禁色すべてが絡み合う。それは、王より国を任された者にのみ許される相国の証。

「では、お引き受けいたしましょう、我が君。尚書令及び宰相位、謹んで拝命いたします」

——このとき悠舜が出した十の条件は、のちに『鄭君十条』と呼ばれ、劉輝治世の基本理念となる。また、後世『最上治』と渾名《あだな》される劉輝治世を支えることになる名宰相たちのうち、最初の一人を得た瞬間でもあった。

序　章

秀麗《しゅうれい》はひとつひとつの衣に、綺麗《きれい》に火熨斗《ひのし》を当てていった。人肌ほどに温度がさがってくると、丁寧にきちんとたたんでいく。そして、すべての官服を衣装葛籠《つづら》にしまいこみ、いちばん上に〝蕾《つぼみ》〟の簪《かんざし》をそっと置いた。簪の重みに、官服の上に敷いた薄紙が微かに沈むのを、じっと見つめる。登殿さえ禁じられた今、秀麗はこの官服を着る資格さえない。

その一瞬、少しだけ瞳《ひとみ》が揺れた。

——自分がしたことに、何一つ、後悔などない。それだけは胸を張って言える。

……けれど。

（だめ）

その先にわき上がりそうになる感情を、息を吸ってのみこむ。さあ、もう一度、最初から。

顔を上げて。

「——さて、と。謹慎が解けるまで、なにかできること、やっとかないとね」

秀麗は葛籠の蓋《ふた》を閉めて、腕まくりをしながら立ち上がった。

＊　＊　＊

胡蝶《こちょう》はその日、寝足りないせいで疲労が抜けきれぬまま床《とこ》から起きた。いつもより念入りに髪とお肌の手入れをし、適当な薄ものを引っかけて階下に降りていくと、ちょうど大《おお》旦那《だんな》が何かを抱えてホクホクしているところに出くわした。

「おや、おはよう胡蝶。昨日も遅くまで例の変わったお客に付き合っていたのかい？」

「いや、昨日は親分連の会合に出てたのさ。ちょいと目を使いすぎたらしい。目が冴《さ》えちまって眠れなくってねぇ……」

「目？　会合でかね？」

「そう。それより大旦那、画商に画《え》を売るとかいってたじゃないか。そのご満悦を見ると、売るんじゃなくて逆に何か買ったね？」

胡蝶が話を誤魔化しても、大旦那は気を悪くしたりはしなかった。大旦那が妓女連《ぎじょれん》を束ねる女親分を妓女にもつのは胡蝶が初めてではない。

「いやいや、画はちゃんと売ったよ。でもついね、別な画も買ってしまったんだよね」

もともと美術品や骨董《こっとう》品集めが好きな大旦那だったが、コッソリ独り占めするのではなく、惜しげもなく姮娥楼《こうがろう》に飾って喜ぶ度量があるのが彼のいいところだった。小さな壺《つぼ》一つに庶民が一生遊んで暮らせる額をポンと払ったりするが、胡蝶の知る限りどれも値段に見合う価値があったし、いつも徹底的に吟味してむやみに買い集めたりもしない。姮娥楼が長年貴陽《きよう》一の妓楼と称えられているのには、あちこちを美しく彩る名品の数々と、大旦那の趣味の良さも多分にある。

「まだ無名の新人なんだけれどね、見た瞬間、ここまでビビッときたのは、本当に久しぶりだったんだ。まだ筆に少し迷いがあるけれど、絶対に大物になる……！」

きらきらと目を輝かせる大旦那は、まるで子供のようで、胡蝶は苦笑した。

「大旦那がそう言うなら、間違いないだろうね。雅号はなんていうんだい？」

「それがね、落款《らっかん》がないんだよ。そこに付け込んで値切って安く買い叩《たた》いたのだけれど、落款なんかなくても構わないよ。いつもどおり、何日か一人で楽しんだら、ちゃんと店に飾るから、楽しみにしてておくれ」

大旦那はルンルンとした足取りで、巻物を大事そうに抱えて自室に行ったのだった。

＊　＊　＊

「――例のものは、これと、これです」

とん、とん、と柴凜《さいりん》はまるで手妻のように二つの物品をそれぞれ劉輝の前に並べた。

執務室には、柴凜と劉輝の他、悠舜と絳攸、楸瑛が顔をそろえていた。

一つは巻物。もう一つはキラキラと輝く貨幣が一枚。

劉輝、絳攸、楸瑛が難しい顔をするなか、悠舜は別段顔色も変えずに柴凜に訊《き》いた。

「……凜、全商連でできるかぎり情報を抑えられますか？」

「いたしましょう。幸い、公孫《こうそん》殿は話せばわかる御方ですので」

「ではお願いします。——凜、ここから先は申し訳ありませんが、席を外して下さい」

柴凜は頷《うなず》いて退出した。

「さて、主上も、宰相会議でいきなり議案に出したりなさらないでくださいね」

悠舜の釘さしに、かたわらで絳攸は眉を跳ね上げた。

「……ということは、黄尚書《しょうしょ》にも伝えないおつもりですか？」

「ええ、しばらくは。皆さんもこの件は内密にしてください。ちょっと他に思うところがあるものですから……。それに、すでに御史台《ぎょしだい》が動いているようですので、少し様子を見ましょう」

劉輝は訊《き》き返した。

「……悠舜殿、何か考えが？」

「そうですね……主上もご即位から四年目になりますから、そろそろ名だたる画師にでも、肖像画なぞ一幅描かせてはいかがでしょう。翰林院図画局《かんりんいんとがきょく》からも要請がきておりますし」

若者組の目がそろって点になった。……画？

悠舜は羽扇で口元を覆い、目元だけを微笑ませた。

「実は、妻の極秘情報によると、あの碧幽谷《へきゆうこく》が貴陽近辺にいらしてるらしいのです」

「え⁉　碧幽谷が貴陽にきてるんですか⁉」

楸瑛は思わず声を上げた。

碧幽谷は若手ながらその芸才はすでに多方面に広く知られ、特に画に関しては当代随一との名声を恣《ほしいまま》にしている天才画師である。劉輝や絳攸も何度か見たが、まさに筆舌に尽くしがたい、魂が吸い込まれそうな絶美の世界を描く。しかし、当の碧幽谷が表に出てくることはなく、碧家もなぜか一切の情報を伏せている謎の存在でもある。

「良い機会です。ぜひ捜して、丁重に城に招聘《しょうへい》して、お仕事をしていただけたら、と」

劉輝と絳攸は首を捻《ひね》った。まだ悠舜の言わんとすることがわからない。なぜいきなり画。

「ああ……余も千年に一人の逸材だと思うが、肖像画をといっても確か彼は……――あ！」

「そういうことか！」

「なるほどね……」

「いかがでしょうか？　ぜひ、一世一代の大作を物《もの》していただきたいと思うのですが」

とぼけた様子で訊く悠舜に、劉輝はえへんえへんと妙な咳払《せきばら》いをした。

「う、うむ。そうだな。ぜひ！　何が何でもお仕事の依頼をしたいものだ。余も今が旬《しゅん》だし。もちろん肖像画の依頼ではあっても、たまには、幽谷殿も画ではないものもつくってみたくなったりするかもしれぬし。余も画以外の幽谷殿の作品をぜひ見てみたいと思う！」

「そうですねぇ。画以外でも実はずば抜けて多才というのは、あまり知られてませんからね。私もぜひ見たいですね。なんでも碧幽谷は常に所在不明でふらふらっとどこぞへ行ってしまうようですから、私も内々かつ早急に彼に関する情報を集めます」

「吏部《りぶ》にも碧家の人間がいるから、俺も何か知らないか吐かせ——訊いてみることにする。まあ、金物屋の値段があがるまでには何が何でもとっ捕まえ——依頼したいからな」

満点をとった子供を褒めるように悠舜はにっこりする。この難題をどうするか、劉輝たちが頭を悩ませるより先に、悠舜はたやすく策を出した。楸瑛は早々に兜《かぶと》を脱いだ。

「……悠舜殿を十年も配下にしていた燕青《えんせい》殿は、タダモノじゃあないな……」

絳攸も黙って同意した。

* * *

城の一郭、政事堂と呼ばれる場所で宰相会議は行われる。

碧幽谷の話のあと、政事堂に登殿した悠舜はまるで十年前から居たかのように、王の左隣で滞りなく案件をさばいていく。

「……では、高齢のため退官なさった翰林院長官後任の件は当面保留ということでよろしいですね。文学・書芸・図画など芸術各局を司《つかさど》る長官職ですから、やはり碧家の推挙を待ってから、選定することにいたしましょう。では、本日の案件はこれですべて……」

宰相会議に出席できる資格をもつ官位は複数ある。ただし、空位の官や仙洞省長官《せんとうしょう》のようにある特別の理由から常駐の官位ではないものもあるため、常に全員がそろうわけではないし、次官がその任を補ったり、議案によっては他の官吏たちも出席する。また、名誉官位である朝廷三師三公の席が埋まっていれば、その六人も宰相会議に出席する資格を持つ。

「あいや、お待ち下されい！」

終了間際、すかさず手を挙げた白髪の老人に、劉輝はギクリとした。

非常駐の仙洞令君《れいくん》のかわりに次官・仙洞令尹《れいいん》として実質上仙洞省を束ねているその老官吏は、背は低く、今も一生懸命立って背伸びしているのに劉輝の胸にも届かない。眉毛《まゆげ》も髭《ひげ》も雪のように真っ白でモコモコで、目と口が埋もれている。現役最高齢官吏櫂瑜《かいゆ》より年下なのは確かだが、彼のほうが百歳ほど年上に見える。劉輝など、彼が小さな姿でちょこちょこ歩く様を見るたび、愛玩《あいがん》小動物を見ているようで、思わずていっと捕まえたくなる衝動に駆られる。

が、ここ半年ほど、彼――羽《う》令尹から逃げ回っているのは劉輝のほうであった。

仙洞省の主な仕事は、仙学・天文・暦・気象学・占星などだが、いちばん大事なのは――。

「――劉輝様の結婚問題が残っておりますじゃ！」

元気いっぱいに羽官吏が叫んだ瞬間、劉輝は問答無用で逃げた。

「あっ、お待ちくださりませ陛下ぁあああ」

羽官吏も負けじと追いかけた。王家及び主要大貴族の祭礼を司る仙洞省の実質上の長として、去年からこっち、羽官吏は仙洞省のヨボヨボ官吏を引きつれて劉輝を追いかけ回していた。

「男子たるもの嫁御をもたないと一人前にございませんのですじゃあああ」

遠ざかる羽官吏の声が尾を引いて回廊に谺《こだま》した。

きぃきぃと扉が寂しげに閉まるなか、宋太傅と霄太師はボソリともらした。

「……仙洞省で年がら年中本に囲まれてる割には、足腰が丈夫なんだよな羽羽《うう》殿は……」

「……あれでわしらよりずっと年上なんじゃがのー……」

姓も羽《う》、名も羽《う》。あまりの外見的フカフカ可愛さに、女官たちにひそかに「うーさま」などと愛称で呼ばれ、櫂瑜とは別の意味で人気があることを知らないのは当の本人だけである。最高大官の一人かつ、高齢の長老でありながらそこまで親しみをもたれるのは彼以外にない。

悠舜も退出しようと、そばの杖《つえ》に手をかけた時、門下省《もんかしよう》長官と目があった。

「……鄭尚書令」

「はい」

「先日の主上に対する例の条件だが――」

そのとき、さっき劉輝が出て行った扉が、吹っ飛ぶかと思う勢いでもう一度ひらいた。

「──忘れ物をした」

戻ってきた劉輝は室《へや》を突っ切り、『忘れ物』悠舜を肩に担ぎ、杖もパッととってまたまた扉からでていった。

どこか遠くで、羽官吏の「嫁御をぉおおお」という悲しげな声が聞こえた。


「気に入りませんな……」

王と悠舜が消えた室で、門下省長官・旺季《おうき》が呟《つぶや》いた。

霄太師と宋太傅が視線をやれば、もうすぐ六十に手が届こうという彼は、綺麗《きれい》にたくわえられた短い口髭《くちひげ》に、威風堂々とした雰囲気をもち、両老師にも物怖じしない。

「先王陛下の御代にて、数多《あまた》の名家が無為に滅ぼされ、また没落に追い込まれました。門下省には、そんな不遇をかこった貴族がごまんといる。私の副官もそうです」

貴族の牙城《がじょう》と言われる門下省長官・旺季は、チラリと宋太傅を見た。宋太傅はその眼差しを静かに受け止めた。彼が将軍として多くの貴族を滅ぼしてきたのは、紛れもない事実だった。

「それに比べれば、七家と縹《ひょう》家は直系の血を残すことを許された」

例外は茶鴛洵《さえんじゅん》・縹英姫《えいき》の婚姻くらいだが、鴛洵の弟がその前に茶本家の娘を娶《めと》っており、さらに息子も同じく直系の娘を迎えて血を継いだ。茶克洵《こくじゅん》の当主就任が認められた裏には、彼が祖母・母を通して直系の血をもっとも色濃く引いていたからという点も大きい。

「七家と縹家は、他家と違って優遇されすぎている……そうは思われませぬか」

霄太師は首をすくめただけで答えなかった。もとより旺季も返事を期待してはいなかったらしく、眉《まゆ》を動かさずに王と悠舜が出て行った扉の向こうに首《こうべ》を巡らせた。

旺季は立ち上がると、退出のために室を横切った。

「主上は、先王陛下とは違うと期待しておりましたが……やはり血は争えぬのでしょうかな。主上が、即位以来たった数年で、私たち門下省の諫言《かんげん》を無視して断行した政策の数々……いかに鄭悠舜を楯《たて》にかわそうと、そんな目くらましでごまかせると思ったら大間違いです」

「……旺季殿。それでも貴族は、一般庶民よりはるかに優遇されているとは思われぬかの」

なにげない調子で声をかけた霄太師に、退出寸前だった旺長官は視線だけを投げた。

「――当然ですな。目に見える形で身分制をわからせなくば、民を従えられませんゆえ」

誰もいなくなった室で、宋太傅は硬い髪質の頭をわしわしとかきやった。

「俺もお前も、旺季みたいな生粋のお貴族様じゃないからな。旺家は紫《し》門四家の一つだったか」

「そうじゃ。今の工部《こうぶ》侍郎《じろう》の欧陽《おうよう》家も碧門四家の一つじゃな」

蒼玄王《そうげんおう》の御代から脈々と続く彩《さい》八家。それも、各家それぞれにその繁栄を支え、輔《たす》けてきた者たちがあればこそ。時代に応じてめまぐるしく入れ替わりはあるが、その功績を特別に認められた一族は門家筋と呼ばれ、七家及び縹家に次ぐ名門とされてきた。

ただし、旺季の言葉通り、先王の時代に名門貴族の多くが滅亡、もしくはしばらく再起不能になるほど叩《たた》き潰《つぶ》されたため、生き残った門家筋の貴族も少数をのぞいて以前ほどの勢力はない。

それらの戦を命じた先王や霄太師に、宋太傅はよほどでない限り何も訊《き》かずに従ってきた。

「……宋、お前は、昔っから、何も訊かないな」

「お前や鴛洵が考えることを俺が訊いてどうする。俺のすることは昔から変わらない」

殺す者はいつか誰かに殺される。宋太傅は自分が床《とこ》で死ねるとは今も思っていないし、そのつもりもない。鴛洵が最後まで信念を貫き通したように、自分の死に方もとうに決めてある。

いつか必ずくるであろう、そのときのために、宋太傅は城にいるにすぎない。

「霄……しゃしゃりでしゃばるのはいかんが、ヒョッコどもが万策尽きていつか最後の最後にお前を頼ってきたら、意地悪しねぇで助けてやれよ？」

まるで遺言のような言葉に、霄太師の眦《まなじり》が僅《わず》かに歪《ゆが》んだ。

宋隼凱《しゅんがい》は馬鹿ではない。どうして自分や鴛洵や先王が多くの貴族を滅ぼし、完膚なきまでに叩き潰してきたのか。国試制を導入したことの意味をわかっている。自分たちが始めたことを、王や鄭悠舜が引き継ごうとしている。けれど見据えた未来に辿《たど》り着くまでに、起こりうることもまた宋はわかっているのだ。

紅秀麗を貴妃《きひ》に据えて以来、ほとんど動かない自分の迷いさえ――。

「……私に、指図するなこの剣術バカ」

だから、ただそれだけを呟いた。まるで子供の癇癪《かんしゃく》のように。

かつては冷然とすべてを一瞥《いちべつ》してきた自分の世界が、いつのまに身動きの仕方さえわからないほどぐちゃぐちゃと複雑になったのか、霄太師はわかりたくもなかった。

＊　＊　＊

彼は短い口髭を撫《な》でながら、手に入れたばかりの画《え》の前で満足げにニンマリした。

「息子よ」

彼の息子は一応官吏だったが、今日も今日とて登城する気配もなく、邸《やしき》でゴロゴロしている。たまにおめかしして出かけるときもあるが、まず間違いなく仕事でなく遊びに行く支度だ。金で官位を買ってやっただけなので、登城しても別にたいした仕事はないのだろう。

「暇ならぜひやってもらいたいことがある」

それまで、組んだ両足で卓子を押し、椅子の前脚を浮かせてぶらぶらさせ、自ら揺り椅子をつくる努力をしつつ口を開けて寝ていた息子が、ちょっと顔をあげて彼を見た。

「……やってもらいたいことぉ？」

「まあ、簡単に言えばある娘をたぶらかして結婚にまでもちこめということらしい」

「らしいって、ナニ、親父、誰かお偉いサンからそー言われたわけ？」

「うむ」

「へーえ」

隣の塀が吹っ飛んだ、といっても同じ返事がかえってくるくらい適当な声であった。

「お前、今好きな娘さんとか、別にいなかろう。文《ふみ》も書かなけりゃ、逢瀬《おうせ》にも行ってる様子もないことくらい、お父さん知ってるぞ」

「な、なんで知ってるんだよ。仙人かよ」

「そりゃ、日がな一日ゴロゴロしているのを見れば誰でもわかる」

「……つーか、相手誰なわけ？　たぶらかせってことは、うちより格上の貴族なんだろ？」

「超格上だ。雲の上だ。なんたって紅家の娘だからな」

一拍。息子は椅子を揺らしていた足をすべらせ、椅子ごとひっくりかえった。

「もしかしなくても例の女官吏のことかよ!?　絶対いやだね！」

「まあそこをなんとか。結婚して気に入らなければ離縁すればいいだろう」

「やだっつーの。言いたいことはわかるけどさー、あんな、毎回毎回なんか憑《ツ》いてんじゃねーのっていう急転直下型の人生わざわざ自分で選んで突っ走ってる女なんか冗談じゃねぇ。山あり谷ありどころか谷谷谷でドンドコズンドコ危険地帯に飛ばされてさー。あんな女と一緒になったら、気づいたら落石注意どころか鹿も熊も猪もツルッといくような奈落《ならく》の底にいて、落ちてきたシカ食うしかない崖《がけ》っぷち人生に決まってんだろ」

たまに自分の息子は賢いんじゃないかと父は思う。なんというわかりやすい説明だろう。

「う、うーむ。でもな、父さんの爵位も上がるし禄《ろく》も上がるしツテも増えるし、何よりお金がたくさん入って、お前の官位も上がってえばれるよーになるんだぞ」

「……早い話、どっかのお偉いサンに金と爵位と引き換えに俺の結婚を売ったってワケね」

「そのとおりだ息子。これがその娘の家の地図だ。まず行って一発ガツンと求婚してこい。娘となにがしかの約束を取り付けてくるまで、家の門をくぐることは許さんぞ！」

「マジかよ。面倒くせーなー……」

タラタラと立ち上がりながら、息子はぐるりと室を見回した。

「ところで親父、なんでこのごろこーゆーゲイジュツに急に目覚めちゃったわけ」

「フフフ、爵位が上がったときのために、頑張って造詣《ぞうけい》を深めようと思ってな」

父はお気に入りのくるんと巻いた短い髭《ひげ》を撫で、得意そうに胸をそらした。

——タラタラした様子で家を出た息子は、門前にいたあやしい露天商《ろてんしょう》に声をかけられた。

「もしもしそこ行く色男さん。よッ、男前！」

迷わず足を止めた息子に、目深に覆いをしていた露天商は、口許《くちもと》だけでニヤッと笑った。

「とっておきの商品があるんですよ。どーぞどーぞ～。お時間はとらせませんよ～」

「でもなー、今からガツンと求婚に行かなきゃならないんだよなー」

「それこそ運命！　ガツンと求婚しに行くそんな男前なあなたにピッタリな商品がコチラ！」

男前というコトバに気をよくした息子は、ノコノコと露天商に近寄った。

「そぉ？　じゃ、ちょっとだけなー」

そうして息子はまんまと露天商の口車に乗ってしまったのであった。

第一章　〇〇、申し込みます

劉輝はその夜、静蘭からそっと手渡された、差出人のない書翰《しょかん》を読んでいた。

そこには、たった一行。


――桜が咲くまで。


劉輝は何度も何度もその文字をさらった。官位を剝奪し、謹慎に処した劉輝に、ただそのひと言だけを伝えた秀麗の、書かなかった心を余白からすくいあげるように。

誰が何と言おうと、王として自分の下した決断に後悔はない。

……けれど。

そのあとを打ち消すように頭《かぶり》を振る。それは、王が言ってはいけない言葉だ。だから。

「……わかった」

そして、声には出さずに、つづきを呟《つぶや》く。

――桜が咲くまで、待っているから……。

＊　　＊　　＊

「あ、胡蝶妓《ねえ》さんからの文！」

邸で一通ずつ書翰に目を通していた秀麗は、胡蝶からの文を発見して、いそいそとあけた。

ちなみに邵可《しょうか》は家にいるのだが、静蘭は城に出仕していていない。今日は公休日なのだが、運悪く警衛の当番に当たってしまったらしい。

邵可は嬉《うれ》しそうな秀麗を見て、うながしてみた。

「何て書いてあるんだい、秀麗」

「落ち着いたら、会わせたい人がいるので遊びにおいで――って」

「おや、それは嬉しいお誘いだね」

「うん。今日は姮娥楼方面に行ってみる」

邵可はチラリと庭院《にわ》のほうに視線をやった。正確には、秀麗が茶州から帰ってきてから、邵可邸のまわりをこそこそうろついている者たちを、だが。

「気をつけて、行っておいで。あんまり遅くならないようにね」

ちょうどそのとき、元気な声が門前から聞こえた。

「ごめーんくださーい」

以前道寺《てら》で勉強を教えていた柳晋《りゅうしん》が、ひょっこりと庭院から顔をのぞかせた。

「あら、柳晋。いらっしゃい。なぁに、今の時間に遊びにきてて大丈夫なの？」

「へーきだって。おわ、秀麗師《せんせい》、ナニこの文の量」

秀麗に会いにきた柳晋は、料紙の山に埋もれるように座っている秀麗に唖然《あぜん》とした。

柳晋は積み上がった書翰を崩さないように、指先でそろそろと一つ一つつまんでいき、それぞれ中をのぞいてみた。なんだかんだ言いながらほとんど休まず道寺に手習いにきていた柳晋は、基本的な読み書きはちゃんとできる。

「……塩がちょっと高い……金物の質がちょっとワルイ……近所のダレソレが借金こさえて夜逃げした……どこそこのドラ息子が働かなくて困ってるらしい……ってなんだよこれ——……」

柳晋は床に座り込みながら、むっと口を尖《とが》らせた。

「なんだよなー。秀麗師はいまお休みだってのに、アレコレ言いやがって。オトナってのはさー。なーんで自分のコトしか考えねーかなー」

「こら。そんなこと言わないの」

「でもさー、秀麗師、ナンデモ苦情相談係じゃねーだろ」

ちなみに街に出れば出たで必ず近所のおっちゃんやおばちゃんに世間話や訴えごとでとっつかまっているので、柳晋はなかなか秀麗と話せなくて、余計面白くなかった。

「こんなん秀麗師一人でなんとかできるわけないじゃんなー。だって苦情って普通役所に言うんだろ？　えーと、貴陽だから紫《し》州府、だったよな」

「そうそう。よく覚えてたわね、柳晋」

柳晋は嬉しそうに鼻の頭をこすった。背は伸びたのに、そんな仕草は前のままだ。

「なのにみんな秀麗師に苦情いってどーすんだよな」

「いいのよ。州府まではよっぽどじゃないと行けないし」

「……あのなー、秀麗師のカキネが低すぎるからみんな甘えるんだぜ。官吏になったのに親近感ありすぎ。他の役人みたいにえばってりゃいいのに、前と同じ生活してんだもん」

秀麗が茶州から帰ってきてからも相変わらずボロ邸《やしき》に住まい、しっかり裏の畑で春蒔《はるま》き野菜の種まきをしたり、同じく静蘭が崩れかけた土塀や屋根の雨漏り修理などに勤《いそ》しんでいる目撃情報が多数あったため、皆すっかり安心してあっというまに元通りの「秀麗ちゃん」になった。官吏という要素が加わったぶん、かなり気軽にお悩み相談にこられている。

「給料、めちゃめちゃもらったんじゃないのかよ。隙間風くらい直ってると思ったのに」

「全部、学舎につぎこんできちゃったのよ」

「学舎？」

「そう。仕事で出かけたのが茶州ってとこだったんだけど、そこでね、大きな学舎をつくろうってことになってね。その建設にお金がかかるから、大見得きってお給料全額置いてきちゃったの。だから文無しで帰ってきたわけ」

「あーあ。相変わらずだな。ちっとくらい残しとくってどうしてできねーかな」

　秀麗は返す言葉がなかった。しかしまさか柳晋から言われるとは思わなかった。

「じゃあそれが、なんかカッ飛んだことやってクビになりかけてキンシンチュウって理由？」

「ぐっ」

　急所を一撃され、秀麗は頬を引きつらせた。子供のなんと正直なことよ。いや——柳晋の伸びた背に、秀麗は笑った。もうそろそろ子供とは呼べないかもしれない。

「た、確かに謹慎中だけど、理由はそれとは違うし、ま、まだクビにもなってないわ」

「すげーな秀麗師。じゃ、それ以上のぶっ飛んだことやらかしたんだ。かっこいいぜ」

「…………。…………そ、そうね…………」

　確かに今思い返せば相当むちゃくちゃをした。

　柳晋はあぐらをかきながら、ちょっとうつむいた。

「なあ秀麗師、さっきの嘘」

「うん？」

「相変わらずカキネ低くて嬉しかった」

　変わってないことを確かめてくると他の子供たちに約束して、こっそり畑仕事を抜け出してきた甲斐《かい》があった。

「ちゃんとみんなの話を聞いてくれる師のままで、嬉しかったんだぜ」

「柳晋……」

「お帰り、秀麗師。俺さ、それがいちばん……嬉しい」

照れ隠しのぶっきらぼうな言葉が、ストンと素直に秀麗の心に響いた。

「ありがとう、柳晋」

「でもさ、クビじゃなくても今の師は官吏じゃないんだろ？　師これからナニするわけ？」

何気ないその言葉が、秀麗の胸を小さく刺した。

「そうねぇ……」

しばらく沈黙した秀麗に、柳晋は首を傾げたあと、あることを思いだした。

「あ、そいやさっきの、茶州の学舎ってもしかしてさ――」

そのときだった。

「柳晋、お前畑仕事ほったらかして何やってんだ。親父さんが怒って捜し回ってたぜ」

なつかしい声だった。一年ぶりなのに、その姿を見たらそんな隔たりなどなかったように思え、ついなつかしさとは裏腹の、昨日別れたばかりみたいな口ぶりになった。

「あら三太《さんた》。どうしたの」

「いい加減、慶張《けいちょう》って呼べっていってんだろ……」

秀麗の幼なじみで王《おう》商家の三男坊が、庭先に立っていた。

「よぉ、久しぶり」

＊　＊　＊

吏部《りぶ》に公休日などという言葉は存在しない。

敬愛する吏部侍郎《じろう》・李絳攸に個人的に呼び出されたとき、秀麗と同期及第の碧珀明《はくめい》は先輩に淹《い》れていた茶を放り出し、鬼《おに》先輩の怒声も無視して速攻で呼び出しに応じた。が、喜び勇んで飛んでいった侍郎室で、絳攸の口から出た名に彼の頭は真っ白になった。

「へ、碧幽谷……ですか」

「そうだ。主上の頼みでな。内々に捜して早急に連絡を取りたいとのことなんだが、何せ一切の情報が伏せられている謎の画師《えし》だ。顔かたちどころか年齢もわからん。お前なら何か知ってるかと思ってな。どうだ」

「え、あ、は、はあ……」

珀明はしどろもどろに口ごもった。絳攸はその様子に怪訝《けげん》に思った。進士の折に珀明が提出してきた『官位及び職官の再編成』の論を見てから、さりげなく心にかけてきた。いつも物怖じせずズバズバものを言うところも好ましく思っていた。のだが。

「どうした。お前の親戚《しんせき》なのは間違いないだろう」

「は、はい……まあ……」

「歳はいくつくらいのかたなんだ？　十年前には画壇で脚光を浴びていたときくから、若くても三十から四十というところか」

「え、と、あの……」

「……。……碧幽谷というのは雅号だな。本名はなんとおっしゃる？」

「え……ええと……ですね……」

さすがに絳攸は眦《まなじり》を険しくした。

「碧珀明、歯にものがはさまったような言い方は不愉快だ。ハッキリ答えろ」

もともと官吏としての李絳攸は、吏部尚書《しょうしょ》の片腕として名高い凄腕《すごうで》の能吏である。上司同様、公の場ではほとんど感情を表さずに瞬時に決裁を下す怜悧《れいり》な切れ者として知られている。

ぴしゃりとした厳しい追及に、珀明も覚悟を決めた。

「……では、碧家の者として答えさせていただきます」

ぐっと顔を上げる。絳攸は心の中で感心した。この場で自分の目をまっすぐ見据えて顔を上げられる者は多くはない。

「碧幽谷に関するいかなる問いにも答えることはできません。不敬罪で処刑されることになっても、何もお教えすることはできません。これは碧一族の総意とお考え下さい」

きっぱりとした並々ならぬ気魄《きはく》に、絳攸は驚いた。

「……なんだ？　別にとって喰《く》おうというわけじゃないぞ」

「ま、まあ、確かにここまで完全に情報を遮断するのは碧家としてもあまり例がないんですが……碧幽谷に関してはイロイロあって……」

珀明は真面目な顔つきになった。

「……碧家は、芸能の一族です。昔から、書・楽・舞・工匠……あらゆる技芸・芸能を守り、育ててきました。門外不出の秘伝、一子相伝の極意も多々あります。それを伝承するために、他家よりも閉鎖的なのは事実です。中央政事と距離を置き、それでいて、世論操作や民意の洗脳のために、碧家は何度も王や他家に利用されてきました。それに抗って、信念のもとに散っていった文人は数え切れません。だからこその情報非開示なのです。もう、失うわけにはいきません。――碧幽谷自身が、碧一族が守るべき当代最高の『碧家の至宝』なんです」

「『碧宝』というやつか……」

国宝と同等、もしくはそれ以上の価値があるといわれる、碧一族の総意によって認定される至宝の文化財。多くは『モノ』にかけられるが、稀《まれ》に『人』にかけられることもある。

「碧家が守るのは、人の意思、です。誰の強制も許さずに、心を素直に表現できること、おかしいことはおかしいと言えること……『創り手』の心を守ることが碧家の誇りなんです」

一官吏ではなく、碧家の人間としての顔をした珀明に、絳攸はふと既視感を覚えた。そうだ……たまに、楸瑛が藍家のことを話すとき、同じような顔をする。

そして絳攸はようやく、彼が『なんのために』朝廷に入ったのかを理解した。

「そうか。だからお前は中央に入ったのか」

「……いくら守ろうとしても、きな臭くなってから碧家ができることは少ないですから。結局、矛盾しているんです。綺麗事《きれいごと》が大好きで、自分の意思《コトバ》を伝えることが大好きで、世論にいちばん敏感で、玉砕上等で権力者に煙たがられる作品を率先してガンガンつくりまくる文人墨客《ぶんじんぼっかく》を、どうやったって政事《まつりごと》から引き離すことはできないんです。だったら彼らを守るためには、政事からの乖離《かいり》ではなく、政事の最前線でコトが起こる前にくいとめる努力をするのが肝要だと、僕は思っています。幸か不幸か、僕にはさしたる芸才もありませんでしたし」

紫州にまで神童の聞こえ高かった珀明だが、碧家に言わせると「無芸」になるようだ。

珀明は両手を組み合わせ、謝罪の意をもって深々と頭を下げた。

「だからこそ、何もお答えできません。……特に、幽谷は近年、頓《とみ》に次期当主に指名される可能性が高くなってきましたから、余計碧家も慎重になっているんです」

絳攸はちょっと驚いた。何も言えないといいながら、さりげなく情報を流してくれている。碧幽谷は当主を継げる、碧家直系の血筋なのだ。そして、それが珀明の精一杯なのだろう。

「もとより、碧幽谷に依頼をするときは、自ら足を運ばぬ限り彼は決して受けません。幽谷が是と決めたことなら碧家も口出ししません。幽谷自身の言を借りるなら、『人に何かを頼むときは王でもなんでも自分の足で捜して頭下げにくる誠意を見せろ』というわけで

「……」

「……なるほど。相当頑固な人らしいな……」

「でも、それは誰だって当然のことでしょう」

あっさりそう言った珀明に、絳攸は合点した。確かに、碧家の血は珀明にも脈々と受け継がれているようだ。彼の一本気で率直で曲がったことの嫌いな性格は、少年期特有のものではなく、そうあるべき土壌で育まれたものだったのだ。

「わかった。ではもう訊《き》かないことにする。幸い、幽谷殿は貴陽近辺にいらしているという情報はつかんでいるから、あとは自力でなんとかしよう」

頭を下げかけた珀明は、ぎょっと顔を上げた。

「なんですって⁉　あ、あああのひとが、ここらへんまで来てる⁉」

「と、聞いたが」

「げっ！　マジですか⁉　ヤバい！　まずい！　しばらくはおとなしくそこらの山でもほっつき歩いてると思ってたのに！」

だいぶ語彙《ごい》が増えたな、と絳攸は内心憐憫《れんびん》とともに珀明を見やった。彼はまだ頑張っているほうだと思っていたが、やはり確実に『悪鬼巣窟《そうくつ》』吏部の鬼官吏に汚染されている。

珀明はいつもは生真面目な顔を青や赤にめまぐるしく変えていたが、やがて意を決したようにおそるおそる絳攸を見上げた。

「……こ、絳攸様……あの、しばらく、一身上の都合で休暇をもらいたいんですが……」

絳攸はしばらくそんな珀明を見返していたが、冷然と切り捨てた。

「許さん。吏部はそんなに暇じゃない。きりきり働くんだな。幽谷殿なら私たちが捜しておいてやる。早く会いたいなら取引だ。なんでもいいから幽谷殿の情報を横流ししろ」

吏部尚書そっくりだ、と敗者・珀明はガックリとうなだれた。隙と見れば容赦なくついてくる。こんなことでは彼への尊敬はいささかも薄れないが、いまだに珀明は、秀麗や影《えい》月《げつ》がどうしてあんなに気安く絳攸と口を利いたりできるのか、よくわからない。

李絳攸は悪鬼巣窟鬼官吏たちを束ねる、まぎれもない副頭目だというのに。

ふと、絳攸はポツリと呟《つぶや》いた。

「……一族のために官吏に、か」

＊　　＊　　＊

サボりがばれた柳晋が慌てて帰った後、秀麗は慶張を家にあげた。慶張は包みからなにかを出して、秀麗の前に置いた。山積みの書翰《しょかん》を崩さないよう気を遣って。

「画《え》？」

「そぉ。俺の叔父《おじ》貴《き》がどっかで買ったらしーんだけどさ」

慶張が手にした巻物を広げると、見事な水墨画が現れた。

「もしぼったくられてたらコトだから、価値を教えてくれって、うちの親父にもちこんできたんだけど、うちだってタダの酒問屋じゃん」

「ただのって……全商連認定酒問屋じゃないの。よっぽどじゃないとなれないわよ」

慶張は褒められてちょっと嬉《うれ》しそうな顔をした。

「まーさ、酒の価値ならわかるけど、こーゆーのは門外漢なわけ。だからお前んとこにきたんだよ。一応名門だろ？　それに官吏になったんだから、なんかツテもできたろ」

「……あんたねぇ、質屋で鑑定してもらえばすむことじゃないの。なんでわざわざ私のとこにもってくるの。このボロ邸《やしき》見れば、そんな芸術品とは無縁てわかりそうなもんじゃない。まさかうちの父様が実は当代一の鑑定士に違いないとか思ってるわけじゃないでしょ」

慶張はギクリと目を逸らした。そんなことは慶張だってわかっている。

「うっ……だから、その、お前に会いにくる、口実っていうか……」

「ん？　ナニ小声でもごもご言ってんのよ。はっきり言いなさいよ」

「……う、うるせー！　いいだろ別に！」

「まあ、いいけど」

秀麗は巻物を見ながらあっさり言った。確かにツテはなくもない。まず藍将軍や珀明の顔が浮かぶ。それに頼めば欧陽侍郎《じろう》も鑑定してくれるかもしれない。けれど今の秀麗は登殿さえできないし、謹慎中の自分が彼らの邸を訪ねると迷惑になる。やはり――。

「……そうね、やっぱりここは胡蝶妓《ねえ》さんに頼むのがいちばんかしら」

「あ、そっか。胡蝶さんなら一発だな」

慶張は納得した。古今東西の芸事に通じ、その卓越した教養の高さは公主をも凌《しの》ぐと噂される絶世の美女。もともと姮娥楼自体が宝物館みたいなものでもある。

「ちょうど、胡蝶妓さんからも遊びにおいでって言われてたし。いいわ。引き受けてあげる。なんかわかったら、あとで連絡するわね」

「おわっ、ちょ、ちょっと待てって」

「なによ」

あっさり追い返されそうになり、慌てて慶張が秀麗の袖《そで》をつかんだ。せっかく親父に頼み込んで画《え》という口実をもらってきたのに、しおしお帰るわけにはいかない。

「この画はついでっていうかさ、ほ、本当はお前に話があってきたんだよ」

「話？　なに？」

慶張はなぜか威儀を正すように背筋を伸ばした。しかし視線はあちこち泳いでいる。

「あのさ」

「うん」

「そのさ」

「……うん」

「えーっとさぁ」

「…………」

長くかかりそうだと踏んだ秀麗は、書翰の整理を再開した。

気づいた慶張が怒った。

「ちゃんと聞けよ！」

「話が始まったら聞くわよ。こそあど言葉しか言ってないじゃないの」

「うっ……焦らすなよ！　こういうのは心の準備が必要なんだよ！　人生の一大事なんだ！」

「わけわかんないわよあんた。まあ心の準備できたら言いなさい。それまで仕事してるから」

「仕事仕事って、お前、俺より仕事が大事なのかよ！」

「こそあど言葉よりは大事だわね」

容赦なく切り返された。

「くそぉ……うう、でもさ、ちゃんと言うから、ほんとマジで聞いてくれよ」

いつもとは違う様子に、秀麗は顔を上げた。

「……あのさ、俺もお前も、今年で十八になったわけだろ」

「……なんか一年前にも同じこと言ってなかった？」

「茶化すなよ。でさ、俺、な、お前、に、……………………」

秀麗は妙に区切る話し方にも、長すぎる沈黙にも、今度は辛抱強く待った。

かこーん、と庭院《にわ》で風に吹かれたのか、カラの桶《おけ》が転がって何かにぶつかる音がした。

クワックー、クワックゥ、となんだかよくわからない鳥の啼《な》き声も聞こえてきた。

タケノコ屋さんの「タッケノコ～おいしいタ～ケノコだよ～」という売り声も聞こえた。

まだ慶張は無言。秀麗は根気強くさらに待った。

……まさか目を開けたまま寝てるのかと秀麗が本気で疑ったとき、いきなり顔を上げた。

「おわっ！　うわ、び、びっくりした……起きてたの。ものすごいタメたわね……」

秀麗ののけぞりにも、覚悟を決めた慶張は動じなかった。彼は男らしく叫んだ。

「俺！　今日はお前に申し込みに来たんだ！」

「……は？　何も受け付けてないわよ私」

秀麗は目を点にした。慶張はぎゃっと叫んで頭をかきむしった。

「げっ!!　大事なとこが抜けた！　申し込みって別に暑中見舞いとかじゃなくてだな！」

「……そりゃ『申し上げます』じゃないの」

「ぬあー！　漫才しにきたんじゃねーっつーの!!　申し込むってのは！」

つづきを言おうと慶張は真っ赤な顔で頑張ったが、いちばん大事な言葉はどうしても出てこなかった。さっきので気力はすべて（無意味に）使い果たしていた。

慶張は肩を落とした。

「……わりぃ、やっぱあとでいいや。俺も胡蝶さんとこに一緒に行くよ」

「はぁ!?」

「あとで！　あとで絶対言うから！」

秀麗はさっぱり意味不明だったが、あのフラフラ落ち着きのなかった慶張が何やら真剣らしいことはわかった。

「はいはい。あとでね。じゃ、ちょっと待ってて。支度するから」

秀麗は出かける前に庭院の桜の木に寄った。あとをついてきた慶張は首を傾げた。

「あれ、秀麗、お前んちこんなとこに桜なんてあったっけ？」

「一昨年《おととし》にね、もらったのよ。だからまだ小さいでしょ」

「じゃあ今年は咲かないだろ。なんで見てんの」

「ふふん、そう見えるでしょうけどねー。ちゃんと蕾《つぼみ》があるの」

ふくらんでいる小さな蕾が、三つだけあることを秀麗は知っている。

少しずつ少しずつ、ふくらみは大きくなって。秀麗はその時を待っている。

「咲いたら？」

「咲いたら――……」

秀麗は慶張を振り返り、笑った。

「お花見とか、いいわよね。さ、行きましょう」

――門を出た秀麗は、邸を見上げていた一人の男に声をかけられた。

「……あー、あんた、紅秀麗だよな。朝廷でたまーに見かけたことあるし」

「あ、はい。そうですけど……？」

朝廷で、ということは、官吏のようだ。

けれど知らない顔だと思っていると、男はあっけらかんと言った。

「俺さー、あんたにガツンと結婚申し込んでこいって言われたんだけど」

秀麗は意味を理解するのに相当かかった。そのうしろで慶張が凍りついた。

「……………………は？」

「……これでガツンと申し込んだことになるのかなー」

男は思いだしたように小脇にしていた包みから何かを取り出した。

「あー、忘れてた。じゃあ、これとこれね。順番間違えたけどいーよな。そんじゃ」

秀麗に何やら書翰を一通と、巻物をポンと手渡すと、男は名前も言わず、凍りついている二人をその場に残してタラタラした足取りでどこぞに去っていったのだった。

「……………………い、いまのは、なに……………？」

まったくわけがわからない。まるでタヌキに化かされたようだ。それに、と秀麗はぼんやり思った。

――なぜ彼は、小脇に金ぴかタヌキの置物を大事そうに抱えていたのだろう……。

＊　＊　＊

「主上はいずこにおわしまする！　この羽羽を筆頭に仙洞省《せんとうしょう》全官吏！　一命を賭《と》してでも

職をまっとうする覚悟にござりまするぞ！　えーい、嫁御が怖いのは誰でも同じでございます!!」

羽令尹《れいいん》の絶叫がいつものごとく回廊に響き渡る。タタタタ、という小走りの、可愛い足音が風のように近づいてきたかと思うと、モコモコの羽令尹が悠舜の執務室に飛び込んできた。

「む、鄭尚書令《しょうしょれい》、こちらに主上はおわしまするか？」

「いえ……私もいまきたばかりですから」

驚いたようにパッと振り向いた悠舜の他に、確かに人影はない。それでも羽令尹はきょろきょろと劉輝の姿を捜して首《こうべ》を巡らす。本人は必死だが、周りから見ればなんとも愛らしい姿だ。

「……むむ、確かにいないようですな。また逃げられ申した……」

しょんぼり肩を落とした羽令尹があんまりかわいらしく、悠舜は思わず慰めた。

「羽令尹、主上もまだお若いことですし、そう焦らずともよろしいのでは……？」

羽令尹は小さく溜息をつき、首を横に振った。

「主上の他に、直系の血が確実に残されておられるのなら、わたくしもこんなに必死で追いかけたりはいたしませぬ。悠舜殿……どうして、蒼玄王の御代より、七家・縹家・王家だけがこうも長く直系を維持してきたか、考えたことはございませぬか」

「それは……」

「七家及び縹家、王家の九家は、何があっても、直系の血を継がねばならぬのです。玉座に蒼家のほか座する者許さず、都は貴陽のほかになし。それを守るために仙洞省が存在し、ゆえに先王陛下でさえこの九家の血だけは絶やさなんだ……」

悠舜は目を丸くした。

仙洞省が命がけで蒼家の玉座を守ってきた話は、建国以来多々残っている。王位の授与と即位式を執り行えるのは仙洞省だけであり、それゆえに簒奪《さんだつ》を目論む者は必ず仙洞省を攻略しなくてはならない。けれどそのたびに、全仙洞官が真っ向から抵抗し、どれほど拷問と殺戮《さつりく》の憂き目に遭おうと頑として屈さず、玉座を守りきってきたという。

今もなお、蒼玄王の血が守られているのは、仙洞省の功績が大きいといわれている。

「主上にどのような事情があるにせよ、わたくしも仕事をまっとうせねばならぬのですじゃ。どちらにせよ、主上の抵抗ももう長くは保《も》たぬはず……。今はわたくしどもが追い回しておりますゆえ、他の官吏は何も言いませぬが……いくらなんでもこうも長く一人も後宮に娘を入れぬとなると、周囲も放っておきませぬ……。……先王も後宮に姫を迎えたのは三十を過ぎたお歳でございましたが、あのころは国情の問題もございましたゆえ……」

羽令尹は一人言のように漏らした。

「……思えば、主上は先王陛下と相が少し似ておりまする……。……おそらくは主上もまた……」

最後の呟《つぶや》きは、羽令尹のもごもごとした口のなかに消えた。

「羽羽様……蒼玄王の血が絶えることに、何か格別の意味があるのですか？」

羽令尹は、真っ白な眉毛《まゆげ》の帳《とばり》の奥から、じっと悠舜の顔を見上げた。職業上、彼は観相もする。

「……悠舜殿、宰相とはいえ、貴殿がすべてを背負う必要はどこにもござらぬ。それを心配するのは仙洞省及び各家当主の役目にござりまする。貴殿は貴殿の職務を果たされよ。……さすれば、時至れしそのときに、貴殿の望むものもその掌《てのひら》に降ってくるはずですじゃ」

予言のような言葉だった。

「では、さらばですじゃ！　なんとしてでも主上に嫁御を――！」

そうして、羽令尹は小さな体で風のように去っていったのだった。

……タタタタ、という足音が聞こえなくなってしばらく、悠舜は机案《つくえ》に向き直った。

「……だ、そうですよ、主上」

机案の下から、ガゴン、という音が聞こえた。どうやら出ようとして頭をぶつけたらしい。しばらくして、額を押さえながらコソドロのごとく劉輝が出てきた。ちょっと涙目だ。

「そなたの机案を占領して悪かった」

「いえ……」

悠舜は苦笑いした。いきなり飛び込んできて「隠れ場所隠れ場所！」と騒ぐ劉輝に、椅子から立って机案の下を進呈したのは悠舜のほうである。

「別に……絶対結婚しないとはひとことも言っていないのに……」

ふて腐れたように劉輝は備え付けの茶器で茶を淹《い》れ始めた。

「では主上、どなたかに懸想なさっておいでなのですね」

動揺した劉輝は、思わず湯をこぼした。その様子に、悠舜は微笑んだ。

「……陛下、欲しいものがおありになりますね？」

悠舜の優しい問いに、気づけば劉輝は頷《うなず》いていた。

「挙げてみてください。いくつでも構いません。誰にも内緒にいたしますから」

劉輝は、今まで誰にも言わなかった『欲しいもの』を、指を折ってポツポツ白状した。

それはもう、一つきりではなかった。悠舜独特の、心に沁《し》みるような声のせいもある。なんのしがらみもない悠舜には、取り繕うことなく馬鹿正直にしゃべってしまった。

「……贅沢《ぜいたく》だとわかってるのだが、いつのまにか増えてしまったのだ……」

最後にそう呟いた劉輝に、悠舜は答える。

「わかりました」

「え」

「なんとかしましょう」

劉輝は目を点にした。

「な、なんとかって」

「大丈夫です。うまく頑張れば芋づる式につりあげられると思いますから」

「……芋づる……」

悠舜は窓に首を巡らせた。その遥かな向こうに、彼が十年過ごした茶州がある。

「……陛下、私も、昔はあまり多くを望むまいと思っておりました」

劉輝が顔を上げれば、しなやかな柳のような意志を秘めた、悠舜の瞳《ひとみ》にぶつかった。

「足を傷つけられてから、人生を歩いていくことまで、少し、難しくなったように思えて……誰かには当たり前の幸せが、自分には当たり前でなくとも仕方がないと、心のどこかで思っておりました。手に入らないものは、最初から望むまい……大切なものはそのままに、壊れないように棚にそっと飾って、見ているだけで構わないと……」

劉輝の喉《のど》が、かすかに上下した。

「でも主上、私は結局聖人ではなくて……愛する人に、そばにいてほしいと思ったり」

「………」

「大切な友人に、お前だから必要だと、言ってほしいと思ったり」

「………」

「あきらめるべきだとわかっていても、どうしてもあきらめきれなかったり……しました」

悠舜は、自らの掌に視線を落とした。まるでそこに、見えない宝ものがあるかのように。

「……それは多分、とても大切で、必要なものなのです。木々や花に天水《あまみず》が必要なように」

主上、という優しい声が、うつむいた劉輝の心をそっと揺らした。

「私の役目は、主上の補佐です。ダメなものはダメとはっきり言いますが、あきらめなくてもよいものを、最初からあきらめろとは申しません。こっそり、頑張ってみましょう」

「……余は王なのだ」

「ええ。そして私は、あなたの望みを叶《かな》えるのが仕事です」

悠舜のその言葉を、劉輝はずっと覚えておきたいと思った。

「あなたの望みを叶えましょう、我が君。手放してばかりのあなたが、いつかカラッポになって、消えてしまわないように」

劉輝はこぼした。ずっと、不思議に思っていた。

「……どうして……そなたは、そんなに優しくしてくれるのだ？」

その言葉に、悠舜は驚いたように目を瞠《みは》り、どうしてか少し寂しそうに笑った。何かを言いかけるように口を開きかけるも、それも途中でつぐんでしまう。

「悠舜殿？」

「いえ……それでは陛下は、どうして私をあっさり宰相にしたのですか？」

「うん？　そなたが余の好みだったからだ」

「…………。…………………は？」

「即位式のとき、そなたに怒られたろう」

劉輝は秀麗を思いだしながら、ボソボソと白状した。

「余はどうも、優しくても怒るときはビシッと怒ってくれる者に弱いらしいのだ。それでいえば、悠舜殿はまさしく余の好みのど真ん中だったのだな」

あんまりにも裏表なく好きだと告白された悠舜は笑うしかなかった。

「さて……別段私は、主上に特別優しくしているつもりはないのですけれど……」

悠舜はどこか物思わしげで、それでいて困ったような、深く長い溜息《ためいき》をついた。

「……主上を見ていると、少し、昔を思い出してしまいますね……」

悠舜のほうを向かなくても、彼が微笑む気配が伝わってきた。

そのまま、優しい沈黙が落ちた。それは劉輝の寂しさと孤独を包んでくれた。

「……わかったぞ。どうして紅尚書《しょうしょ》がそなたを大好きなのか」

「はい？」

「そなたは、少し邵可に似ている」

「私が？　まさか。昔は怒って黎深を殴ったこともあるのですよ」

「――な！　殴った⁉　紅尚書を⁉」

「ええ、あんまり頭にきたものですから、つい……。さすがに手が出たのはあれが最初で最後ですが、私が怒るといつも先に頭を下げてくるのは黎深や鳳《ほう》……奇人のほうで、たいてい連れだって一緒に謝りにくるのが常でした。邵可様に似てるなどとんでもありません」

誰それ。何だか悠舜のうしろに後光が見えてきた。

そのとき、パタパタと足音が聞こえた。途端、劉輝がビクッと反応する。悠舜でも明らかに羽令尹ではないとわかる音だったが、精神的に相当追いつめられているらしい。

悠舜の十年来の上司は精神的というコトバとはまったく無縁の、ある意味好き放題野放図上司だったので、何だか王が子兎に見える。

「主上、絳攸殿や藍将軍と一緒に、息抜きに街へおりても構いませんよ」

「……。なに⁉」

「ちょうど今日明日と公休日ですし。そろそろ本格的に幽谷殿を捜さなくてはなりません」

劉輝の表情が少し引き締まった。

「私もあのあと凜に訊《き》いたのですが、どうも、主上直々に足を運ぶ必要のある方のようです。さすがに一日丸ごとは無理ですが、そうですね……私が午後から書翰《しょかん》に目を通しますから、午《ひる》過ぎからなら、抜け出してもいいでしょう。私の権限で裁可が下せるものもありますし。ただし、夕方には必ず帰ってきて仕事をしてくださいね。覚悟してください。優しくないですよ」

劉輝は顔を輝かせた。「うーさま」から逃げられるなら百万金払ってもいい。

「うむ！　では絳攸と楸瑛のところへ行ってくる！」

立ち上がり、ふと、劉輝は心配そうに悠舜を顧みた。

「そういえば、専従護衛官を断ったと聞いたが」

「ええ。必要ありません。まだ誰かに暗殺されるような大業もしておりませんし」

悠舜は羽扇の羽根を、弄《もてあそ》ぶように指先ですいた。劉輝が反駁《はんばく》する前にぽつんとつづける。

「……それに、多分、大丈夫だと、信じてみたいこともありまして」

「え？」

「いいえ。本当に、大丈夫です。あまり臣下を甘やかしませんように」

「……。……さっき、足を傷つけられたと言ったが……」

劉輝の耳聡《みみざと》さと、自分の迂闊《うかつ》さに、悠舜は嘆息した。

もうこの足に苛立《いらだ》つことはないけれど。思いだすときは少しだけ、息を吸うのが難しくなる。

「……昔のことです。どうか、お気になさらずに」

悠舜はただそれだけを告げた。

第二章　金のタヌキ、銀のタヌキ

秀麗と慶張は、無言で姮娥楼までの道を歩いていた。

ちょうど、西施橋《せいしきょう》という橋にさしかかったあたりでようやく頭が働きだしてきた秀麗は、確認の意味でボソッと訊いてみた。

「……ね、ねぇ慶張、さっきの……あんたもきいてたわよね……夢じゃないわよね」

夢でもタヌキに化かされたわけでもない証拠に、秀麗の手には書翰と巻物が残っている。

しかし慶張は呆然《ぼうぜん》としたまま答えない。秀麗はまたしゃべった。

「……なんだってあのひと、金のタヌキもってたのかしら……」

「知るかー！」

「ちょっとなんでいきなり怒りだすのよ！」

「う、うるせー！」

ちょうどそのとき、貴陽名物の一つでもある松濤河《しょうとうか》の放水がはじまった。西施橋の下を流れる松濤河は、水門により、時刻によって水かさが増減することで知られている。それまで川縁《かわべり》でポカポカ日向《ひなた》ぼっこをしていた老人や犬が、よっこらしょと腰をあげて上にあがっていく。上流から次第に轟《とどろ》きが聞こえ、水の壁が一気に押し寄せる。

岸に上がった老人がぎょっとしたように橋の上の秀麗と慶張に叫んだ。

「うおっ!? おい兄ちゃん橋桁《はしげた》で何ボーッとしてる！ 起きろ！ 危ね――」

秀麗と慶張が、えっと思った瞬間だった。

どーん、という音とともに水の壁が橋桁の間を走り抜けた。そして。

「へ？ ん？ ……おわ――――っっっ!?」

ちょうど秀麗と慶張が佇《たたず》む橋の真下から、若い男の悲鳴が聞こえた。

「ぎゃ――――――…………」

水の流れとともに、男の悲鳴も流され、谺《こだま》のように遠ざかっていく。

「おいっ！ 兄ちゃんが一人流されたぞー！」

「かーっ！ どこのバカだぁ!? べらぼうめぃっ」

「助けろー！ 死ぬぞー！」

「下流でせきとめろー！」

秀麗と慶張は呆気《あっけ》にとられた。……誰かがボケッと橋桁にいて、放水で流されたらしい。

どこのトンマだ。

二人はそう思った。

聞こえてくる声からすると、どうやら流された誰かは途中で漁師が張っていた網に引っかかって助かったようだ。二人は顔を見合わせると、トボトボと疲れた様子で歩き出した。

「……とっとと胡蝶さんとこ行こうぜ……」

「そ、そうね……助かったみたいだし。……ていうかなんで流されたのかしら……」

何だか今日はわけのわからないことが立て続けに起きる、と秀麗は思った。

＊　　＊　　＊

楸瑛は立ち止まった。ピカピカに磨き抜かれた飾り窓の玻璃《はり》が、楸瑛の姿をくっきり映し出す。彼は玻璃のなかの自分が佩《は》いている剣を見つめた。

その剣鍔《けんつば》に彫られているのは、劉輝から下賜された〝花菖蒲《はなしょうぶ》〟の花紋《かもん》。

それは、王に絶対の忠誠を誓った者だけが受ける証。

……少しずつ、少しずつ、心に澱《おり》のように沈んでいく想いがある。

自分は、もしかしたら――。

そのとき、突き刺すような視線を感じて楸瑛は振り返り――ギクリとした。

静蘭が回廊の向こうから、冷ややかに楸瑛を見つめていた。

「楸瑛！」

「……主上、と、絳攸」

別方向から聞こえた劉輝の弾んだ声に、楸瑛はハッとした。

「とってつけたように言うな」

絳攸を供に、劉輝は「うーさま」に追いかけられるこの頃では珍しいルンルンとした足取りで寄ってきた。

楸瑛は意識して、いつもどおりの笑顔をつくった。

「どうしました。ご機嫌ですね、主上」

「うむ。悠舜殿から許可が出てな、午後からなら『うーさま』から逃げて……げふん、違った、城下に降りて、幽谷殿を捜してもいいと！　だから行こう、今すぐ行こう」

全開で喜ぶ様子に、楸瑛は作り笑いではない、本物の笑みを浮かべた。

「わかりました。お供します」

そのとき、劉輝は回廊を渡ってやってくる兄の姿も発見して、手を振った。

「静蘭、そなたもくるのだ！」

「はい、ご一緒いたします」

静蘭はいつもどおりの穏やかな笑顔で頷《うなず》いた。

まるで、楸瑛が見た表情など幻だったかのように。

「幽谷殿は下街にいるのかい？」

城下町を歩きながら、楸瑛は絳攸にそう訊《たず》ねた。

「珀明を問いつめたらそれだけ白状した。貴陽にいるとしたら下街だと」

「へーえ。それだけでもよく白状したね。私もさぐってみたけど碧幽谷に関しては、碧家は本当に徹底して水も漏らさぬ情報管理をしてるんだよ。仕事の依頼だって、まず仲介者が仲立ちするくらいでねぇ」

「……みたいだな。ちょっと脅しすぎたか……」

絳攸はちょっと反省した。新人二年目だというのに、悪いことをした。

下街ということで、楸瑛はすぐに胡蝶を思い浮かべた。

「何はともあれ、姮娥楼に行けば胡蝶が何か情報をくれるかもしれない。あの碧幽谷に『仕事』をしてもらったら、間違いなく歴史に残りますよ、主上……主上？」

王は挙動不審にきょろきょろ辺りを見回している。

「どうしました、主上？　さすがに街中までは『うーさま』も追ってきませんよ」

「……いや、つい……。……ここらで一時しのぎでもなんでも何か対策の一つも考えないと、本当に近いうちに追い込まれる……」

後宮に女人を――とせっつく声が背中にはりついているようで、劉輝は身震いした。

「……楸瑛の父君もたくさんの女人を妻に迎えているのだったな」

「ま、まあそうですが……父はちょっと特別で……博愛主義といいますか」

「紅家は邵可様も黎深様も玖琅《くろう》様も一人だってのに、藍家は節操なしが家系か」

楸瑛はムッとした。

「ひとくくりにしないでくれ。兄の妻は一人しかいない」

「自慢するようなことか！」

静蘭も深く頷いた。

「一般庶民には当然の理《ことわり》ですね。……まあ、お金がないからという意見もありますが……」

劉輝は街を見回してみた。目につく限り、どこもおかみさんは一人きりに見える。

「静蘭は、その……もし、もし、そなたが王……として生まれついたら」

チラリと向けられた咎《とが》めるような兄の視線に、劉輝は慌てた。

「もし！　だ。その、奥さん、を、たくさん迎えていた、か？」

「……まあ、そのときになってみないとわかりませんが」

静蘭は自分の母も、劉輝の母もはっきりと覚えている。他の妾妃《しょうひ》たちも。

……正直、秀麗や薔君《しょうくん》奥方に出会わなかったら、女性に対してどういう振る舞いをしていたかわからない。少なくとも無条件に敬意を払ったりはしなかったろう。

父王の『寵愛《ちょうあい》』は、子供ができるまでだった。だから六公子それぞれ母が違った。妾妃たちを、ただ男児を産ませるためだけに愛したとしか、今の静蘭には思えない。それを証明するかのように、父は最後まで后妃《こうひ》を選《よす》ばなかった。だからこそ、どの妾妃も不安だったのだろうと思う。王の愛しか縁《よすが》はなかったのに、王の心がどこにあるか最後までわからなかった。

王として、子を残すために多くの妾《つま》をもつのはただの責務で、愛など何の意味もない――

—以前の静蘭ならそう切って捨てたろうし、今も理解はできる。ただ——秀麗と、邵可と、奥方と過ごした優しい日々を知っている静蘭は、もう『愛など何の意味もない』とは思わない。

「……やたらと迎えて、ろくなことにならなかった前例は、いくらでもありますからね」

「……うむ……」

劉輝はしんみりと肩を落とした。どう考えても母は幸せではなかった。自分たちも、あんまり楽しい子供時代は過ごせなかった、と思う。そのすべてを父や母のせいにするつもりはないけれど。……母の狂乱の原因、父の寵愛が薄れたという言葉は今も耳に残っている。

劉輝がどうしても慎重になるのは、昔の記憶が薄れていないからでもある。

「……だいたい、紅尚書《しょうしょ》でさえ一人しか奥さんいないのに、なんで余ばかりイジメられ……」

劉輝は立ち止まった。

「……主上？」

「……そうか、そうすれば……」

ぶつぶつと何事か呟《つぶや》き——ややあって劉輝は会心の笑みを浮かべた。

「ふ、ふふふ、よし、うーさまめ、ぎゃふんと言わせてやる……！」

＊　＊　＊

「いらっしゃい、秀麗ちゃん。くるのを待ってたんだよ」

姮娥楼を訪ねた秀麗は、貴陽一の妓女《ぎじょ》の満面の笑みと抱擁で迎えられた。

「お帰り」

ただそれだけを言ってくれた胡蝶に、秀麗はホッとした。

「……はい」

「おや、三太も一緒かい。……はは−ん、なるほどね」

胡蝶は意味ありげな笑みを浮かべて慶張を見た。

「それにしても、なんだかそろって景気の悪そうなカオしてるじゃないか」

秀麗と慶張は「景気の悪そうな顔」を互いにチラッと見た。……本当だ。

「……はあ、なんだかここにくるまでにおかしなことがイロイロとあって……」

「おかしなコト？」

「いえ、それはいいんです。なんだか今晩はタヌキの夢を見そうですけど。ところで胡蝶妓《ねえ》さん、私に会わせたい人がいるって文《ふみ》に書いてありましたけど……」

「いや、まあ、会わせたいっていうか、会いたがってるっていうか……そうさねぇ」

胡蝶は珍しく歯切れの悪い口調で、困ったように慶張を見た。

「……まずは三太の用を先にすましといたほうがいいだろうね。三太まできたってことは、あたしに何か用があってきたんだろう？」

「あ、はい。三太の叔父《おじ》さんが買ったっていう画《え》の鑑定をしてほしくって」

胡蝶の目がふと険しくなった。

「……だしてごらん」

──渡した画をじっくりと眺めた胡蝶は、厳しい面持ちのまま断じた。

「……ニセモノだね」

慶張は目を丸くした。

「かなりよくできてるけど、贋作《がんさく》だ。あんたの叔父さんとやらは騙《だま》されたね」

確かにこの画は秀麗に会いに来るための口実に過ぎなかったが、実際に叔父が金を払って買ったものだったし、正確な価値を聞いてきてくれと言われたのも事実である。それが価値云々以前に──。

「──贋作⁉」

「残念だけどねぇ……」

胡蝶は問い返した。

「叔父さんはどのくらい払ったって？」

「……確か、金三十両って……」

聞いていた秀麗は耳を疑った。──金三十両⁉

「いや、本物だったら、確かにそれっくらいの価値はあるんだ。……本物ならね」

胡蝶は巻物を手に取り、つくづくと眺めた。

「イイ出来だよ。これならたいがい騙せるだろう。画商でも見分けられるかどうか……」

胡蝶は長い睫毛《まつげ》を物憂げに伏せ、ややあって思い決めたように顔を上げた。

「……実はね、秀麗ちゃん。ここだけの話、ここひと月ふた月、こういった贋作がやけに出回ってるんだよ」

「え!?」

「お上《かみ》に知れるとちょいとマズイ話だが、下街にもね、贋作づくりを生業《なりわい》にしてるヤツは何人かいる。けどね、どいつに当たっても自分じゃないっていうのさ」

貴陽親分衆の要請で、胡蝶がこないだ一日かけて鑑定した画の大半が、贋作だった。しかもおそろしくよくできていた。下街の贋作師には、親分衆にまで贋作を売りつける度胸はない。

「……どっかの誰かが贋作で得た大金は行方《ゆくえ》知れず、裏街《うら》じゃ回ってない。つまり、別の場所に流れこんでる。――あたしらでつかめないとなると、黒幕にいるのは多分……」

秀麗は囁いた。

「……貴族？」

「それも、金持ちのね。イイ出来の贋作ってのは、材料もそれなりのが必要だからね。それに、この贋作師、相当の腕前だよ。ここまでの腕をもってるヤツ、フラフラさせとくと大変なことになる。ある程度目利きの親分衆だって騙しちまったんだからね」

胡蝶は柳眉《りゅうび》を寄せると、溜息《ためいき》をついた。

「お貴族様が相手となると、悔しいがあたしらには手が出ない。資金の回収もあきらめちゃいるけど……ただ、引っかかるんだよねぇ。うまいことやりすぎてるっていうかさ」

「……え？」

「モノがモノだけに、騙されたヤツはある程度の金持ちや貴族で、カタギの素人衆の被害は少ない。だからあたしら貴陽連もそれほど血眼で捜しゃしない。けど、やっぱりモノがモノだけに、金をもってるヤツはポンと大金を出す。……相当の金が、どっかに絶対に流れこんでるのに、静かなもんじゃないか。……計算されてるって気がするんだよ。それに、その金を使わずにためこんでるとしたら、そいつは何に使おうってのかね……」

秀麗は慶張が持ちこんできた画を眺めた。

「……三太、これ、ちょっと貸してくれる？」

「え？　ああ、いいけど……まさかお前」

「調べるのは私の勝手だもの。叔父さんだってお金、戻ってきたほうがいいでしょ？」

そのとき、室《へや》の扉が勢いよくひらいたかと思うと、誰かがつかつかと入ってきた。

「胡蝶！　遅い遅いと思っていたら――独り占めしているなんてずるくってよ!!」

慶張が思わず「おわ。美女」ともらしたくらい見事な容姿をしている。歳は二十代半ば、くるくると波打つ長い髪を高い位置で一つにくくり、卵形の小さな輪郭にすっきりとおさまる、勝ち気そうな目鼻立ち。秀麗もあちこちの妓楼で賃仕事をしてきたが、見たことのない女性だった。それになんとなく、妓女という感じもしない。

「わたくしにも早く紹介してちょうだい！」

「あーあ……きちまったかい……。はいはい」

胡蝶は苦笑い半分、あきらめ半分の複雑な表情で秀麗に紹介した。

「あー、会わせたい相手ってのは彼女のことでねぇ。……あたしの古なじみなんだけど——」

「あなたが紅秀麗ちゃんね？」

謎の美女は胡蝶の紹介を待たずにスッ飛んでくると、目を輝かせて秀麗を上から下まで熱心に見つめ——破顔した。

「まああ！　なんてかわいらしいの！　思っていたとおりだわ！」

秀麗に構わず、謎の美女は豊かな胸にぎゅうっと秀麗を抱きしめた。見ていた慶張はうっかり「羨《うらや》ましい」と呟き、胡蝶は呆《あき》れ顔をした。

「歌梨《かりん》……いいかげんにおしよ。まったく、ひと月ぶりに上から降りてきたと思ったら……どこで秀麗ちゃんの噂を聞きつけてきたんだいほんとに……」

「え!?　上!?」

秀麗と慶張は耳を疑った。今のこの開店前の午《ひる》の時間、『上』にいるのは、泊まりがけで遊ぶ『客』しかいない。しかし姮娥楼の『客』とは──。

胡蝶は珍しく、何と言っていいやらわからない顔をした。

「……歌梨は何年かにいっぺん、たまーにきては長《なが》っ尻《ちり》でこの姮娥楼を宿屋代わりに泊まってく、変わった女でね……室を長期間占拠されて迷惑っていうか」

「何かおっしゃって？　胡蝶」

「いーや、なんでもナイさ」

べたべた秀麗を好き放題にさわりまくっていた歌梨の目が広げていた慶張の『贋作』に留まった。

みるみる彼女は血相を変えた。

「……な、な、なんてこと!!」

「は？　どうしたんだい歌梨」

「お室にこもりすぎたわ！　胡蝶！　わたくし、ちょっと出かけてくるけれど、あとでちゃんとお宿代は払いましてよ。わたくしのお室はそのままにしておいて！」

叫ぶと、胡蝶が何を言う暇もなく、歌梨は室から駆けだしていったのだった。

秀麗と慶張は呆気《あっけ》にとられた。自己紹介すらできなかった……。

「胡蝶さん、今の女の人……ど、どうしたんでしょう」

「……いや、あたしもたまにわかんないときがあってね。だが歌梨はあたしなんか足下にも及ばない目利きでその筋じゃ有名なんだよ。……あの贋作の何にあんなに驚いたのやら」

　胡蝶も首を傾げた。この贋作がどうかしたのだろうか。それにしても——。

「……短くない付き合いだが、歌梨のあんな慌てた様子は見たことないねぇ。——うん？」

　手下の一人がきたことに気づいて、胡蝶は顔を向けた。

「なにかあったかい？」

「はあ。それが、ついさきほど松濤河の放水で流されたマヌケがいたらしいんですが」

　まさに現場に居合わせた秀麗と慶張は、思いだして顔を見合わせた。

「うちのモンがたまたま救助に居合わせたらしいんですが、どうやらその野郎、秀麗お嬢さんとこの地図をもってたようで……姐《あね》さん、さっき秀麗お嬢さんが遊びにくるって喜んでたでしょう。それを覚えてた舎弟が、ヘンな気ぃきかして姮娥楼《うち》に運んできちまったんですよ」

「え⁉ 流されてたのって、う、うちのお客さんだったの⁉」

　秀麗は仰天した。助けに行くどころか、かなり素通りしてきてしまった。

　しかし手下は眉《まゆ》を寄せたまま、ずずいと秀麗に近寄った。

「……秀麗お嬢さん……金のタヌキの置物もってるトンマ野郎に心当たりありやすか？　もし紅師《せんせい》とものども、つけ狙われて困ってるとかなら、今すぐ息の根止めて川に返しますが。今ならまだ気絶したまんまですから、おちゃのこさいさいですよ」

秀麗は二の句が継げなかった。慶張も右に同じ。……金のタヌキ……。二人の脳裏に門前で出くわした若者の姿が浮かんだ。

「……えーと……心当たりは……なくもないので……あの、一応、助けてあげて下さい……」

秀麗はかろうじてそれだけ言った。

謎は、また一つ増えた。

──なぜ彼は橋桁《はしげた》なんぞで流されたのか。

（なんかの話のネタにありそうじゃないの……）

秀麗はハトが飛びかかっているような頭の中で、ぼんやりとそんなことを思った。


吞気《のんき》そうに気絶したまま運ばれてきた男は、やはりというか、出掛けに秀麗にわけのわからないことを言って去っていった男であった。気絶しても金のタヌキを抱えている。

「……秀麗ちゃんに、求婚しにきただって？」

胡蝶は笑いたいような呆れたような声を出した。

「はあ、聞き間違いとか人違いでなければ……多分そんなことをいってたよーな……」

秀麗は劉輝と茶朔洵《きくじゅん》を思い出した。人生三人目の求婚者はだいぶ前例と違うようだ。

「ふーん、そんじゃ、優しく起きるのを待っててやることたないね。これで充分だよ」

胡蝶は寝ている男の額を遠慮なく指でバチンとはじいた。

どんぶらこと川に流れ流され何を見たか知らないが、目を開けた男が真っ先に呟《つぶや》いたのは――。

「……う――……生まれ変わっても魚にはなりたくね――……あのギョロ目結構こえ――よ……」

自分が今いるのがどこだかわからない様子で顔を巡らしていたが、秀麗の顔を認めると「あ」と声を上げた。

「ど――してきてくれなかったかな――、君。あれで一応任務完了で家に帰れるはずだったのに」

「……は？」

「渡したじゃん。文《ふみ》。門の前で。巻物と一緒に」

文は手提げに入れたまま、開いてもいなかった。慌ててとりだして読んでみる。

「……？　？」

ますますわけがわからなくなった。西施橋という文字は確かにあるが、そもそも文のいわんとするところがわからない。なんだかイロイロ古典の引用もしているようだが――。

男は起き上がると、やっぱりタラタラとした様子で指を折っている。

「ま――確かに順番あべこべになっちゃったけどさ――。でもコレでいいはずだろ。恋文《こいぶみ》・贈り物・待ち合わせ、で結婚の申し込みガツンと完了」

秀麗は目を点にした。……なに？

「……………………恋文って、これ？」

「そうだよ、君、頭いーんだろ？　読んだならわかるだろ!?　すげぇ風流でオモムキのある恋文じゃん」

わからない。秀麗が文面を見直そうとしたら、慶張と胡蝶にスゴイ勢いで文を横から奪われた。

――しばらくして、胡蝶は手近な卓子を叩《たた》いて笑い転げた。

「……ふっ、あは、あははは！　ケッサク……っ！　こりゃあ藍様でも真似できないねぇ。斬新すぎる。あはははは、これほど笑ったのは久々だよ……！」

一方の慶張は至極真面目に『恋文』を読んでいた。

「……でも胡蝶さん、これ、なんか読めないくらいムツカシイこと書いてありますけど」

「バッカだねぇ慶張、もちっと勉強おし。そのムツカシイ部分てのは、あちらこちらの古典の切り抜きなのさ。まあわかりやすく言うとだね……『春はあけぼの、カエルぴょこぴょこむぴょこぴょこの季節になりました。両家の運命に引き裂かれて幾星霜。なぜ君は君なのか。西施橋にて、君は僕の太陽なのでそれが真南にかかったころに、いつまでもお待ち申し上げております。命短し恋せよ息子と申しますゆえに、愛ゆえに我あり申す』……ダメ、もう笑いが」

あまりのめちゃくちゃさ加減に胡蝶は再び笑いがぶり返した。もともとの出典をすべて知っているがゆえに、余計笑いが止まらない。今は亡き文豪たちも、まさかこんなふうに『引用』されて『恋文』になるとは夢にも思わなかったろう。

秀麗は男に向き直った。訳されると余計切ない。

「……何を以《もっ》て恋文っていうの⁉　カエルぴょこぴょこむぴょこぴょこのナニが！」

「ナニヲモッテとか言うなよ！　カエルは定例文にのってたんだよ。季語だと思って。初めて書いた恋文なんだからちっとくらい目こぼししろよ！　くそー。だから頭の良い女ってヤなんだ」

「そんな問題じゃないでしょう！」

秀麗はハッと気づいた。……まさかあの大事そうに抱えている金のタヌキ……。

「……え、じゃ、じゃあ、それが、お、贈り、もの……？」

すると、青年は口を尖《とが》らせた。

「ちげーよ。このタヌキは俺の。贈り物は巻物。この金のタヌキは出掛けに露天商《ろてんしょう》が勧めてきたから買ったの」

「……あ、そ、そう」

秀麗はちょっとホッとした。金欠病の邵可邸ではいつでもどこでもなんでも喜んで受け取る用意はあるが、……あの金のタヌキをもらったら妙にフクザツな気になりそうである。

「これをもってれば、女の子にモテモテあるヨ～っていうからさ。即決で」

「…………へー…………」

鰯《いわし》の頭も信心からというし、金ぴかタヌキも彼が信じていれば叶《かな》うかも知れない。

するると、彼は気をよくしたのか、得意げに鬢《びん》のほつれを耳のうしろへかきやった。

「で、これが女の子がメロメロあるヨ〜っていう耳飾りで、この腕輪が男前度五割増って
いう仙人の腕輪でー、この指輪がオトコの眼力《メヂカラ》、色・艶《つや》十三倍になるっていうヤツでー。

十三倍っていうびみょーな数字が信憑性《しんぴょうせい》あると思わない？」

耳、腕、指には、今度は金でなく銀のタヌキがそれぞれちんまりくっついている。

『あなたが落としたのは金のタヌキですか、銀のタヌキですか』

そんなお伽噺《とぎばなし》があった気がする。……タヌキじゃなかった気もするが、秀麗の堪忍袋が
ゆっくりとふくらんでいく。金銀タヌキは認めたかないが本物だ。

「で、これがとっておき——姮娥楼の胡蝶も一発で陥《お》とせる、不思議な首飾り！」

じゃーん、という効果音つき（音源↑自分）で胸から取り出した白金のタヌキが先端で
揺れる豪華な首飾りを見た瞬間、秀麗のなかでナニかが切れる音がした。ちなみに胡蝶は
さらに吹きだし、うつぶせて笑いまくっている。

「あなた……どこのトンマなお坊ちゃまだか存じませんが……」

騙《だま》されたのは仕方ない。口のうまい商人はいくらでもいる。が。

「ぼったくられて騙されたことくらい、最低限気づきなさいってのよ————っっっ！」

「なにぃ？」

彼はしょげるどころか、自信満々に胸を張った。

「俺は騙されてなんかない！」

「ばかっ！　こんな金のタヌキや銀のタヌキで胡蝶妓《ねえ》さん陥とせるわけないじゃないの！　そんなんで陥とせたら今頃この姮娥楼はタヌキで埋もれてるわよっっっ。ていうか『これはなになにアルヨ～』なんていうあやしすぎる商人からモノを買うこと自体間違ってるの!!　大体、なんで橋桁なんかで流されてるわけ!?」

「だって恋文で、待ち合わせで、橋っていったら、橋桁だろ！　なんで上にいるかな、君。上にいたろ。流されながらも見えたもん」

確かに有名な昔話で、橋桁で待ち合わせした恋人同士の話はある。約束の場所で若者は待っていたが、いつまでたっても娘はこなくて、とうとう雨が降って、それでも若者は待ちつづけて、ついには橋桁につかまって溺死《できし》したという内容だ。

「だからって、わざわざ放水時刻に橋桁で待ってて本当に流されることないじゃないの！　なにわけわかんないことで命賭《か》けてんのよあなた!!」

「流れるつもりはなかったんだよ！　あんなに怒濤《どとう》のようにくるなんて思うか普通！」

男はあぐらの上で頬杖《ほおづえ》をついて、面倒くさそうな顔をした。

「……くそー。それで役目をまっとうして、家に帰れるはずだったのに」

秀麗はゆっくりと五数えた。ここまで待ってみたが、この男は肝心なことを話していない。「で、あなたはどこのどなた様なんですか」

男は初めて目を丸くした。

「……あー、もしかして名前書くの忘れてた？　榛蘇芳《しんすおう》っていうの」

「人違いじゃなくて、ほんっとうに私に求婚しにいらしたんですか」

「そうだよ。親父がガツンと求婚してこーいっていうから。なんか、あんたをたぶらかして結婚すれば、どこぞのエライ貴族から金と爵位がもらえるんだと」

探ろうとしていたことを本人から堂々と言われた。

「……で、謹慎中の間に、私に何気なく穏便に結婚退官してほしいってことですか」

「まーそういうことみたいだな」

ここまできて、秀麗は怒るよりも、ほとほと呆《あき》れ果てた。

「……あなた、ちょっと正直すぎると思わない？」

「あんたに退官してほしいやつなんて山ほどいるじゃん。別に隠す必要ないだろ」

何かが違う、と秀麗は思った。

というか、なんだかその『エライ貴族』は人選を間違っている気がする。

それまで黙って聞いていた慶張が、突然立ち上がった。

「……俺、仕事あるから帰るわ」

「え？　ちょ、ちょっと三太？」

＊　＊　＊

ちょうどそのころ、胡蝶を訪ねてきた劉輝たちもまた姮娥楼に到着していた。

開店前の時間だったが、楸瑛と顔見知りの門番が門をあけてくれた。

そのとき、やはり門前で所在なげに姮娥楼を見上げていた若者に声をかけられた。

「あの、まだ開店前にすみません、ここは姮娥楼……ですよね？」

声をかけてきた男は、三十ほどの、温厚で人の好《よ》さそうな顔をしていた。旅装を見ると貴陽の人間でもないらしい。

「ちょっと、お伺いしたいのですが、こちらに歌梨という女性はいませんか？」

どうやら門番が特別に扉を開けたことで、姮娥楼の関係者とでも思われたらしい。絳攸が知らないと返事する前に、楸瑛がにこやかに答えた。

「いいえ、残念ですが、ここにはそんな女性はいませんよ」

ものすごく自信たっぷりに答える楸瑛に、絳攸と静蘭が冷たい目を向けた。そばにいた劉輝まで思わず身震いしたくらい。

「そ、そうですか……ありがとうございます……………」

男はガッカリしたように肩を落とすと、丁寧に頭を下げ、トボトボと去っていった。

絳攸が氷柱《つらら》のような視線を楸瑛に突き刺した。

「……お前な、堂々と答えてたが、もし本当に歌梨という女がいたらどうするんだ？」

「いないって。そんな名前の妓女《ぎじょ》は姮娥楼にいたためしがないし」

珠翠《しゅすい》あたりが聞いたら、「最低のボウフラ男ですね」とでも評したかもしれないと、劉輝はこっそりと思った。

――そうして、何気なく一階に入ると、二階から秀麗の声が聞こえてきた。

＊　＊　＊

「ちょっと三太！　急にどうしたの!?」

室《へや》から出て行った慶張を追いかけ、一階に続く階段の直前でなんとか追いついて袖《そで》をつかむと、慶張は振り返った。

「……お前がさ……」

「え？」

「……俺、お前が、自分の結婚、あんなふうに言うの、聞きたかなかった。まるで、なんかの取引の一部みたいに、平気な顔で、他人事《ひとごと》みたいに」

秀麗はドキリとした。

「わかってる。お前は変わってないけど……あの言葉は、官吏のお前にとって『本音』なのも、事実なんだ。お前が官吏にならなきゃ、あんな言葉はきっと、お前の口から出なかった。フッーに誰か好きになって、フッーにそいつと結婚して、フッーに幸せな暮らしして……」

「三太……」

「俺さ、知ってるんだ。お前が茶州で何してきたか」

慶張は秀麗の目ではなく、つかまれている手を見つめた。

「俺んとこ、全商連系列の酒問屋だろ。うちも要請に応じて切開の消毒用に大量の酒を確保して送ったんだ。それ、俺も手伝ってたから、事情は知ってる」

慶張は袖をつかむ秀麗の手を、そっと外した。

「……いいのかよ、お前」

「……え？」

「お前があんだけ頑張っても、結局、何が返ってきた？　何もかも取り上げられて、城にもあがれなくて、家に押し込められてさ。お前が命張ってここまでやって、結果は謹慎？　何一つ認めねぇってお上《かみ》に言われたも同然じゃん。お前がいくら頑張ろうが、上のヤツらは何もかも気にくわないんだ。お前の存在自体、目の上のたんこぶなんだ。だろ？」

「――――でも、それは私が」

「名のある貴族がお前と同じことして、同じ処分くらうと、本気で思ってんの？　鄭悠舜て、お前の副官してたんだよな。尚書令《しょうしょれい》に昇進して大出世じゃん。あの影月だって、官位落とされただけだし、浪燕青《ろう》？　だっけ。確か処罰なし据え置き。お前だけだろ、何もかも取り上げられたの」

「……………」

「お前、さっきあのヘンな男に、騙《だま》されてることくらい気づけって言ってたけど、まさに俺がそうお前に言いたいよ。お前、わかってる？　人身御供《ひとみごくう》にされたんだぜ。今まで茶州ほったらかしにしてきたヤツらの勝手な非難を抑え込むために、妥協点として、お前を冗官《じょうかん》にして謹慎処分にしたんだ。一番目立つ出る杭《くい》のお前の手柄を帳消しにすりゃ、そりゃ静かにもなるさ」

「……………」

「悔しくないのかよ、お前？　最初から、王とか高官に利用されっぱなしじゃん。新米なのにいちばん最悪なとこに責任者として飛ばされてさ、失敗しろって言ってるようなもんだろ。お前らがなんとかかんとか頑張ってやっと落ち着いたと思ったら、謹慎。手柄だけ取り上げて、処分は全部お前になすりつけて切り捨てて」

秀麗は違うと言わなかった。

……それは、まぎれもない真実だったから。

「お前が、いつも上を見て頑張ってきたこと、知ってる。フラフラ遊んでた俺とは違って、いつだってなんか考えて、駆け回ってさ。お前、ほんとすごいよ。でも、俺は……俺はさ」

慶張は顔を上げて、秀麗をまっすぐに見据えた。

「俺は、お前がこのまま幸せになれるとは思えない。周りも、お前自身だって、もう結婚をなんかの政略抜きに考えられないでいるじゃんか。お前、もう普通に恋して結婚する気、ないだろ。いや、できないって、思ってる。違うか？」

秀麗は答えなかった。

「そうやって、上ばっか見ててさ……ずっと頑張ってるの、すげーと思うよ。でも――これから先もたった一人でやってくのか？　ずっと――一人で。――……ここじゃ、ダメなのか？」

「え……？」

「お前のこと、ちゃんと認めて、好いてくれるヤツがたくさんいる、この街じゃだめなのかよ？　お前、ここでならいくらでも幸せになれるはずだろ。なのにお前、まだ官吏として頑張んの？　お前から官位を奪ったヤツらのために、まだ」

慶張は秀麗の表情を見てとり、言葉を切った。

「……悪い。こんな話をするつもりじゃなかったんだ。本当はもっと別の話をするためにきたんだけど……でも、撤回はしない。……帰るわ。仕事があるっていうのは本当なんだ。また、頭冷やして、訪ねる。じゃな」

振り返りもしないで帰っていく慶張を、今度は秀麗も引き留められなかった。

しばらくして、胡蝶が近づいてくる足音がした。

「……今のは相当、ぐらっときただろ？　秀麗ちゃん」

「……正直、きました」

「三太はねぇ、あんたが官吏になったって知ってから、本当に頑張ったんだよ」

胡蝶は慶張が消えた扉に、視線を向けた。

「青巾党《せいきんとう》のときは確かに遊び惚《ほう》けてるボンボンだったけど、今は違う。王旦那《だんな》の下で真面目に一生懸命働くようになってさ、見違えるように変わってね。……きっと、頑張ってるあんたに負けないように、自分も何かしなくちゃって、思ったんだろうねぇ」

「…………」

「あんたのこの一年のこと、あの子は良く知ってたろ？　すごく心配して、出来る限りで情報集めて、いろいろ考えてたんだと思うよ。あの子は三男坊だから、家は継げないけど、それでも婿養子に欲しいってのが、今じゃひきも切らずにきてる。でも、あの子はどんなにイイ娘が相手でも、全部断ったっていうんだよ。心に決めた子がいるからって」

「…………」

「今の秀麗ちゃんなら、どういうことか、わかるだろ？」

胡蝶は一年前よりもずっと綺麗《きれい》になった少女を見つめた。

「……イイ男になったよ、三太は。今のあの子は、多分あたしでも落とせないだろうね」

胡蝶は秀麗の低い鼻を、きれいな指先で軽くはじいて微笑んだ。

「今回ばッかりはあたしも何も言わない。この謹慎期間中に、どうせ色々考えるに決まってンだからね。出した結論が、正解だ」

秀麗は返事をするまで、しばらくかかった。

「胡蝶妓《ねえ》さん、私を信頼しすぎ。……でも、考えてることは、あるんです。前は、考えなくて、……とんだことに、なっちゃったし」

「秀麗ちゃん」

胡蝶は秀麗の顎《あご》を人差し指と親指ですくいあげた。

「男と女の違いを、ちょいと教えてあげるよ。女は好きな男のために自分を磨くのを惜しまないけど、男は自分のために自分を磨く。女のためにイイ男になろうと思わない。だから大概の男は自分より上の女は選ばないのさ。今の自分のままで構わないと言ってくれる、楽でカワイイ女を選ぶ。ふふ、世の男は、よくあんなイイ女がどうして独り身だって首を傾げるけど、簡単さ。男のほうが釣り合う努力をしないからだよ。……でもね、ほんとのイイ男ってのは、女のためにだって自分を磨いて釣り合う努力をしてくれるもんさ。三太みたいにね。……言いたいこと、わかるね？　釣り合う努力もしなかった男がいたなら、とっとと忘れちまいな」

胡蝶が曖昧《あいまい》な言い方をしてくれたから、秀麗は答えずにすんだ。

「胡蝶妓さんが独り身なのも、そういう理由ですか？」

胡蝶は艶冶《えんや》に笑って、是とも否とも言わなかった。

「……心が欲しい、愛が欲しい、安らぎが欲しい、優しさが欲しい、刺激が欲しい……男はねだりやで、時々女を母親と勘違いする。目に見えないモノをいくら捧《ささ》げても、それを当然だと思ってる。自分を削って何かを与えてくれる男は、なかなかいない。ま、女も同じだけどね」

＊　＊　＊

階上で聞こえた秀麗の声にぎょっとしてとっさに階段の裏に隠れた劉輝たちは、はからずも秀麗と慶張の会話を聞いてしまった。

慶張が彼らに気付かずに姮娥楼から出て行ったあとも、一様に沈黙していた。

……慶張が言っていたことは事実だった。

「……今のはきたねぇ……」

楸瑛はポツリと呟《つぶや》いた。絳攸にはとりたてて感想はない。

必要な措置だった。そう思う。朝廷にとって。

……上に来い、と絳攸は当然のように何度も言った。

けれど秀麗には、『一人で頑張りすぎるなよ』と言って、手を差し伸べてくれる世界もあったのだ。それは、絳攸たちには、口が裂けても言えない台詞《せりふ》だ。

頑張りすぎるほど頑張ってさえ、まだ足りない。劉輝たちが助けるわけにはいかない。

秀麗の心の支えでもあった、影月と燕青からも引き離した。

秀麗が官吏として認められるためには、たった一人で頑張らなくてはならないのだ。

十頑張っても一しか評価されない世界で、百を、彼女は求められている。

——それが、彼女自身の選んだ道だと、切り捨てるのはたやすいけれど。

『最初から、王とか高官に利用されっぱなしじゃん』

あの言葉に、秀麗は反論しなかった。彼女自身も、その事実をちゃんとわかっている。

これからも、機会があれば劉輝も絳攸も、また彼女を利用する。そのことさえ、きっと秀麗はわかっている。

「……お嬢様が選ぶことです」

ただ一人、静蘭だけは平静な顔でそう言った。

他でもない、その言葉が静蘭の口からでたことに、絳攸は意外な思いがした。

「主上はちゃんと全部わかっていて、何も後悔していないのに、絳攸殿や楸瑛殿がそんな顔をなさっていたら、立つ瀬がないではありませんか」

絳攸と楸瑛はハッとした。劉輝はうつむいてはいたが、二人のように動じてはいなかった。

「あと、あまり、お嬢様を見くびらないでくださいね」

「……どうしたのかな、静蘭。いつもと違って、やけに攻撃的だね」

楸瑛がわざと軽い調子で言ってみると、読めない笑顔で返された。

「ええ。私もいろいろ考えまして、吹っ切れたこともあるものですから」

劉輝は居心地が悪そうに、そわそわと隣の兄を盗み見た。……この感覚は覚えがある。

（……昔の清苑《せいえん》兄上がいるみたいだ……）

自信に溢《あふ》れ、歩む道をまっすぐに見据えていた、自慢の兄――。

「……どうします、主上。すぐ上に行きますか？　秀麗殿に会えますよ」

楸瑛の言葉に劉輝は目を閉じて、首を振った。

――桜が、咲くまで。

「……秀麗たちが帰ったら、胡蝶に会いに行こう。あ、でも静蘭は秀麗についててくれ」

「わかりました」

静蘭は微笑んで頷《うなず》いた。

＊　＊　＊

秀麗と胡蝶が蘇芳のいる室《へや》に戻ると、なぜか彼は天秤《てんびん》で遊んでいた。

「……蘇芳さん？　何してるの？」

「いや、さっき向こうの扉からおっちゃんが顔出してさ『おや新顔かね。この室にいるとは、ずいぶん胡蝶に信頼されているのだね。ちょうどよかった、こないだの画《え》を売った代金を懐にしまったまま忘れてたのだよ。はかって経費として帳簿につけておいてくれ』っていうから。この立派な衣服の俺をつかまえてさ。店の小僧に見えるのかなぁ」

「……この姮娥楼の大旦那を、おっちゃん呼ばわりのほうがスゴイよ」

「ね、ねぇ……どうしてお金数えるのにわざわざ天秤もちだしてるの……」

数十枚程度のお金を数えるのに、なぜ天秤。慶張の一件でしんみりしていた気分も吹っ飛びそうになるほどツッコみたくなる。

「だって、『はかって』っていうからさ」

数えてくれ、ではなく、まんま『量って』ととったらしい。それでも金は数えられるが、分銅でなく両方とも貨幣を載せてどうするのか。まったく今時のボンボンは金の数え方も
――と秀麗が口を挟もうとした。

秀麗は違和感を覚えて天秤をよく見た。どこかが、おかしい――。

秀麗はゆらゆら揺れて釣り合っている天秤を注意深く確かめた。

違和感の正体に気づいた瞬間、――ぞっとした。背筋に震えが走った。

「……どうしたい、秀麗ちゃん？　顔色が青いよ」

秀麗は青ざめながら、蘇芳に訊《き》いた。

「蘇芳さん……大旦那《おおだんな》は、それ……画を売った代金、って言ったのよね？」

「そぉ。……うん？　あんた、ホント顔色悪いよ」

「……秀麗ちゃん？」

「胡蝶妓さん……あの天秤、おかしいところ、気づきません……？」

蘇芳は目をパチクリさせて天秤皿を見ている。

胡蝶は近づいてよくよく見つめた。天秤は長年姮娥楼で使っているもので、別に故障し

たとも聞いていない。それぞれの皿に載っているのは何枚かの貨幣。両方とも同じ金の——

——。

「……な、んてこったい……！」

天秤は釣り合っている。ただし、両脇に載っている皿の、貨幣の枚数が違う。

同じ金の貨幣。同じ量だけ載せれば、当然釣り合う。けれど、片方に金貨を多く載せなければ釣り合わないということは——どちらかの貨幣の質が悪く、軽いからだ。

「ニセ金か……っ！」

胡蝶の目が燃え上がった。

「この姮娥楼の楼主相手に、よくもやってくれたね……」

秀麗の頭の中で鍵となる単語が符合していく。贋作《がんさく》・画商・贋金《にせがね》——。

「胡蝶妓さん、大旦那が買った画ってもしかして……」

「いや、大旦那が買ったのは無名の新人の画って言ってたから、買ったのは贋作じゃない。ただ、売ったのは真筆だったはずだ。……秀麗ちゃんの言いたいこたわかる。あたしもグルの可能性はかなり高いと思う。贋作であたしらの目をごまかしといて、本当の儲《もう》けどころは実はニセ金ってわけかい。贋作とニセ金で一挙両得なんざ、腐った真似してくれる」

胡蝶は秤《はかり》の上の貨幣をつまみあげた。ニセ金とわかっても見分けがつかない。真贋判定の目安になる紋様の出来が特にすごい。

「……贋作同様、相当の出来だね……。いちばんニセ金が出回りやすい花街《うち》じゃあ、それなりの目利きを抱えてる。なのにその目さえごまかしてくれたとはね……。秀麗ちゃんが気づかなかったら、いつ気づけたかわからないくらいの出来だ」

秀麗はまだコトの重大さをわかっておらずに天秤を揺らしている蘇芳に呼びかけた。

「……蘇芳さん」

「なに？」

「あなた、官吏なんですよね？」

「官位はあるっぽいけど」

「私みたいに謹慎中とかじゃないですよね？」

「謹慎にされるようなことしてねーもん」

「じゃ、一緒にお仕事に行きましょう、お仕事。ささ、今すぐ一緒に！」

蘇芳は呆《あき》れ果てたように秀麗を見上げた。

「……あんた、ほんっっと仕事好きな。でもヤだよ。あんた好みじゃねーもん。ガツンと求婚してこいって言われただけだし。とっととお役御免させてもら――」

「あのねぇ、ボーヤ。あんたんちも他人事《ひとごと》じゃないよ」

胡蝶は一幅の画を見ていた。それは慶張のではなく、秀麗が最初に書翰《しょかん》と一緒に蘇芳から渡されて、まだひらいていなかった『巻物』だった。

「あんたが秀麗ちゃんに渡した『贈り物』、これも贋作だよ」

「え」

蘇芳は目を丸くしたが、特に驚きはしなかった。

「……そこらに置いてあったやつ適当に選んでもってきただけなんだけど、……うちの親父なら超ありえるなー。すっげ騙《だま》されやすいんだもんよー」

その血は確実に息子にも流れている。秀麗と胡蝶はタンタンタヌキ軍団を見てそう思った。

「じゃあ余計ホケホケしてる場合じゃないでしょう！　被害者なんですよあなたのお父様！」

「うーん、でも親父、別に被害に遭ってるって気づいてねーからなー……」

胡蝶はやる気のない蘇芳の胸ぐらをつかんで引きずり寄せた。

百人中百人とも陥落必至の、特注のとろけるような微笑を浮かべ、耳元で囁《ささや》いた。

「一緒に行かないと、……この世の地獄を見ると思いな」

睦言《むつごと》のように妖艶《ようえん》な囁きなのに、——蘇芳は本能的な恐怖で気づけば頷いていた。

「……謹んで行かせていただきます……」

「さすが胡蝶妓《ねえ》さん！　今のが色仕掛けってヤツね！」

秀麗が拍手をしたが、蘇芳はつっこんだ。

「ちげーだろ！　こりゃ脅迫っつーんだ！」

「おや、あんたタダのお馬鹿だと思ってたけど、案外理性的だね。秀麗ちゃん、あたしが鑑定した贋作は、まとめて羅干《らかん》が保管してる。羅干に文《ふみ》を届けておくから、行って見てくるといい」

チラッと胡蝶は扉を見て付け加えた。

「静蘭と一緒にね」

「おや……これはこれは藍様」

秀麗が出て行ったのを見計らうように扉から入ってきた劉輝たちに、胡蝶は物騒に目をきらめかせた。楸瑛に向かって贋金を一枚はじく。

楸瑛はギクリとした。

「……その顔からすると、知ってたね？」

「…………」

「知ってて黙ってたってワケかい」

「……胡蝶」

「いや、いいさ。お上《かみ》が何考えてるのかなんて、説明されてもね。あたしらは仕えてるわけじゃないし、あたしらも全部信頼して何もかも話したりはしない。どっこいどっこいだからね」

「……すまない」

「ただね、これに気づいたのは秀麗ちゃんだ、で、当然スッ飛んでいったよ」

「秀麗殿が⁉」

「そう。調べに飛んでいったけど……、やっぱり秀麗ちゃんには見張りがついてるよ。謹慎中もなんかしでかすんじゃないかって、よっぽど警戒されてるみたいだね。秀麗ちゃんに手柄立てさせたくなくて足引っ張ろうなんざ、情けないにもほどがある。……ケド」

胡蝶は苦笑いした。

「……ほんっとうに謹慎中でも自分でお仕事見つけて飛び出しちまうんだからねぇ」

胡蝶は動こうとしない劉輝たちに、眉《まゆ》を上げた。

「おや珍しい、行かないのかい？」

「静蘭がいるなら大丈夫だ。それよりも先に、そなたに訊きたいことがあるのだ」

「訊きたいこと？」

「碧幽谷が下街にいるらしいと聞いたのだが、何か情報はないか？」

胡蝶はその話自体初耳だと告げたあと、ちょっと考えこんだ。

「……そうさねぇ、幽谷自身は知らないが、手がかりになる人物は知ってるかもしれない」

「ほんとか⁉」

「うちに長逗留《ながとうりゅう》してくれてる歌梨っていう女なら、何か知ってるかもしれない」

「……え。か、歌梨？」

聞き覚えのある名に、楸瑛は思わず口許《くちもと》に手をやった。ついさっき自信満々に追い返した男を思いだす。……しまった、嘘をついてしまったらしい。悪いことをした。

劉輝は首を傾げた。

「……なぜ女性が妓楼《ぎろう》に泊まっているのだ？」

胡蝶はうっと言葉を詰まらせた。世の中、知らなくてもいいことがある。

「……ちょいと変わっててね……。でも彼女はあたし以上の目利きなんだよ。幽谷のことを知ってる可能性があるとしたら、多分彼女くらいだろうね。あンだけの目をもつには、あっちこっちで相当イイ画《え》を鑑定しつづけてきたはずだから。幽谷の情報も握ってる可能性はある」

「そ、その女性はいまここに？」

「いやそれが、ほンのついさっき、すごい勢いでどっかにスッ飛んでいっちまってねぇ。一応戻ってくるとは言ってたけど、……今までにもそう言ってフラッと消えちまったことはあるから、待ってるより、捜しに行ったほうがいいとは思うけどね」

ああそうそう、と胡蝶は何気なく忠告した。

「彼女はちょいと男にゃ厳しいから、お気をつけね」

＊　　＊　　＊

王が城下へ降りたあと、悠舜は一人で仕事をしていた。途中、資料が必要なことに気づいて車椅子を自分で回し、書棚に寄った。並ぶ背表紙を見上げ、ちょうど見つけた瞬間、後ろから誰かの指先がその本を抜き取った。

「おや……黎深」

ぶすくれた顔つきのまま、黎深は本を悠舜へ差しだした。

「ありがとう。お手伝いにきてくれたのですね？」

「馬鹿をいえ。休憩がてら遊びに来ただけだ」

「……黎深、今の私はあなたの上司だということ、ちゃんとわかっているのでしょうね……」

車椅子の向きを変えると、黎深がじっと見下ろしている。

そのまま、黎深はスッと伸ばした扇の先で、悠舜の顎《あご》を軽くすくいあげた。

「……お前は、あの洟垂《はなた》れ小僧《こぞう》を甘やかしすぎだ」

低い声には、不愉快そうな苛立《いらだ》ちがにじんでいた。

「お前が甘やかすのは、奥方と私だけでいいんだ」

悠舜は微笑んだ。

「いやですよ。ろくに文もくれなかった友人は甘やかしません」

黎深の深い瞳《ひとみ》の色は変わらなかった。本気の時は、どんな茶化しにも応じない。

「お前が何もかも引き受けて、楯《たて》になる必要なんかない。……宰相位を降りろ。死ぬぞ」

「そうですねぇ……。でも、ほしいものがありますから」

「ほしいもの？　お前が？　なんだ？　そんなもの、いくらでも私がくれてやる」

「いいえ。命を賭《か》けないと、手に入れられないものですから」

頤《おとがい》にかかる扇をそろえた指先で外す。黎深はますます苛立ちを濃くした。

「お前が、あの洟垂れ小僧に跪《ひざまず》くのを見るのが面白くないんだ。お前、いま私とあのハナタレのどっちをとると訊《き》いたら、絶対ハナタレを選ぶだろう」

「ええ。よくわかっていますね」

「――だから面白くないんだ！　今すぐ宰相やめろ！　あんな小僧ほっとけ！　私を選べ！」

悠舜はなんだか不倫でもしている気分になった。凜が聞いたらどう思うだろう。

子供のようにカッカと癇癪《かんしゃく》を起こす黎深と向かい合った。

……決めたことがある。

「いいえ。黎深、あなたが私を選んでください」

黎深は驚いたように口をつぐんだ。ややあって、ぷいとそっぽを向いた。

「……お前が尚書令《しょうしょれい》になっても、私は変わらん。国なんかどうでもいいし、王家もキライだ」

「変わってほしいとは思っていません。ですから、あなたの意思に任せます」

譲らない悠舜に、黎深は唇を噛《か》んだ。そう――茶家なんぞに、この男をどうこうできるわけがないのだ。この紅黎深の言葉さえ聞き入れない男を。

どうやら珍しく葛藤《かっとう》しているらしい黎深のために、悠舜は話を変えた。

「まあ、大丈夫ですよ。凛も護身用に隠し武器をつくってくれましたし」

「……隠し武器？」

「そう。まだ試作品といってましたけれど。この杖《つえ》の柄をね、確かこう回して――」

悠舜が奥さんに言われたとおり杖の柄を回すと、ポン、という破裂音とともに勢いよく――なぜか造花の花束が飛び出した。……仕込《しこ》み杖《づえ》ならぬ、仕込み花束。

二人は杖の先にわさっと咲いた花束を間に挟み、しばし沈黙した。

「……………。……………おや？」

「…………。なにがおや？　だ。売れない芸人にでもなるつもりかお前」

黎深が杖をのぞきこんだ瞬間、造花のなかから飛び出した玉が見事に黎深の眉間《みけん》に命中した。玉が割れた瞬間、なんと胡椒《こしょう》が飛び散った。黎深はもろに目と鼻に胡椒攻撃を受けた。

「いてっ……っくしゅん！　へっくしゅん!!　ふぁっくしゅん！」

たまらず涙目でくしゃみを連発する黎深をよそに、悠舜は感心して杖を眺めた。

「……時間差と心理戦の連係攻撃できましたか。黎深も引っかけるとはさすが私の奥さんです」

「お、お前！　他にも奥方、に！　何か妙ちきりんなものもらってきたのではなかろうな！」

おでこを押さえ、くしゃみをしてわめく年下の友人に、悠舜は笑いだした。

「『氷の長官』の威厳を取り戻すまで、この室《へや》にいて仕事を手伝ってくれてもいいですよ？」

悠舜の仕事は尚書省の統括なので、吏部《りぶ》の決裁も含まれる。結局は絳攸の仕事量も多少は減って楽にしてあげられるだろう、とまでは言わないでおく。

「仕事をしない人は、この室から即刻出て行ってもらいますからね」

「………。……わかった」

さすがの黎深も、真っ赤に充血した目でボロボロ泣いてくしゃみして洟を垂らす情けない姿をさらしながら回廊を歩くくらいなら、ここで仕事をしているほうが百倍マシだった。

紅黎深におとなしく仕事をさせたこの武勇伝は朝廷を震撼《しんかん》させ、鄭悠舜の名を一躍高めることになるのであるが、それはもう少しあとの話になる。

第三章　謎を追っかけ西へ東へ

姮娥楼を出た瞬間、蘇芳は秀麗から逃げようとした。

が、秀麗が目敏く気づいてつかまえた。

「あっ、手伝ってくれるって言ったじゃないの！」

「言ってねぇ！　なんで俺を巻き込むんだー！」

「だって官位があったほうがいいときがあるかもしれないんだもの！　お願い！」

「あ、あんたなー」

瞬間、蘇芳の後頭部にしたたかに何かがぶつかり、蘇芳は目から火花が散ったかと思った。涙目で後ろを見ると、先ほど合流した静蘭とかいう男がちょうど跳ね返ってきた『何か』を受け止めているところだった。それはまるまるとしたタケノコ一本。彼は何事もなかったかのように、今の出来事を見てしまって呆然《ぼうぜん》としているタケノコ売りのおっちゃんににこやかに代金を払っていた。ぶつけられたのはあのタケノコだったらしい。

（オニかあの男ー！）

「タンタン君」

にっこりと紅秀麗の『家人』とかいう男が呼んだ。秀麗が「求婚しにきたひと」と紹介した瞬間から、なんだか蘇芳は命の危険を感じてしょうがなかった。

(ていうかなんだよタンタン君て……)

タンタンタヌキから勝手に命名したらしい。まるでお前なんかタンタンで充分だといわんばかりである。

「男なら、言ったことは守るべきだと思いませんか」

「いや別に」

突如蘇芳は何かにすべって後ろにスッ転んだ。タケノコの皮が一枚ひらりと舞い落ちて、蘇芳の顔に着地する。すべったのはタケノコの皮だったらしい。もちろん偶然蘇芳の足の下にすべりこむわけがない。なんという家人だ。

しかも紅秀麗はまったく気づかない。

「あら、なんでタケノコもってるの静蘭」

「今日のお夕飯にどうかと思いまして」

「そうね。いいわね。今が旬だものね。穂先の姫皮だって食べられるし。米ぬか加えてゆでて、刻んだ大根と叩《たた》いた梅肉で和えたの、静蘭好きだしね」

「はい。タンタン君も快く一緒に夕暮れまで付き合ってくれるそうですよ。ね？」

「…………」

タンタンは有無を言わさず静蘭に引きずられていくことになった。

――蘇芳はすぐに帰ると言わなかったことを後悔した。

「……なんで賭場《とば》なんだよ!?」

人相の悪すぎる男たちが、場違いな蘇芳をじろじろ見てくる。金のタヌキは目立つので、一応手提げ袋に入れて持ち歩いているが、なんだか自分が金のタヌキになったかのような気分だった。まだ午《ひる》なので開場してはいないが、それにしたって怖すぎる。というか、この女はなんで平気な顔でこんなとこに足を踏み入れてるんだ。

「だって、胡蝶妓《ねえ》さんが羅干親分のとこに行けって言ってたじゃない」

蘇芳は訊《き》き返しかけた。――親分て何だ!?

ちょうどそのとき、奥から総白髪を綺麗《きれい》になでつけた老人が出てきた。一見、どこかの貴族といっても通用する風貌《ふうぼう》だったが、その目を向けられた蘇芳は反射的に縮み上がった。

（コワ!!）

しかし秀麗と静蘭は笑顔で丁寧に頭を下げた。

「お久しぶりです、羅干さま。突然お邪魔しまして、申し訳ありません」

「いいや。よくきたな、嬢。朝廷に見切りを付けて、またここで帳簿付けの賃仕事をしてくれる気になってくれたのかな」

「ええっとぉ」

「ふふ、よい。困らせてしまったな。胡蝶から使いがきている。こちらへきなさい。……そちらの小僧は？　見ない顔だな」

「……えー、私と同じ官吏なんですけど」

途端、いっせいに極悪な視線が突き刺さり、蘇芳はハリネズミの気分になった。基本的に、破落戸《ごろつき》を取り締まるお役所と裏の男たちの仲は最悪である。

秀麗は慌ててとりなした。

「そ、その、私、いま何の権限ももってないので、お願いしてこの人に一緒にきてもらってるんです。別にガサ入れとかじゃなくて」

「おわー！　何いってんだ！　余計あやしまれるじゃん！」

羅干と呼ばれた親分は、またチラリと蘇芳を見た。

「……まあ、嬢と一緒ならよかろう。身ぐるみ剝《は》がして売り飛ばしたくなるような格好をしているが、皆の者、手を出さぬようにな」

「……あー。じゃ、俺は外で待ってるから、行ってくれば」

蘇芳が何気なさを装ってそう言った。

「わかったわ。じゃあすぐ戻ってくるから」

なぜか、今回はあのおっかない家人も何も言わなかった。秀麗が奥に消えると、蘇芳はほくそ笑んだ。ふっ……なんて頭がいいんだ俺。このままトンズラこいてやる。こんなおっかねぇとこにいつまでもいてたまるか。

意気揚々と振り返った瞬間、蘇芳は凍りついた。

まるで「オウこのガキャ、逃げようもんならとって食うぜよコラ」とでも言うかのように、強面《こわもて》の男たちが爛々《らんらん》と目を光らせている。

うしろから、ぬっとぶっとい腕が突き出て蘇芳の肩に回された。

「……おう兄ちゃん、お嬢が出てくるまで、ちょいと遊んでかねぇかい？」

にやり。そんな擬音語が聞こえたように蘇芳は思った。


——少し経って、用を終えて奥から出てきた秀麗と静蘭が見たのは、賭博《とばく》で身《み》ぐるみ剝がされまくり、まさに手下たちに男の最後の砦《とりで》、フンドシまでもひんむかれようとしていた蘇芳の姿であった。静蘭でさえ残していったのをちょっと不憫《ふびん》に思った光景だった。

「……ひどい目にあったぜちくしょう……」

すべての元凶は、どこぞの女に求婚しに行ったことだとしか思えない。

ちゃんと返してもらった持ちものをひとつひとつ身につけながら、蘇芳がぼやく。タンタンタヌキ軍団までまた身につける蘇芳に、秀麗は言ってみた。

「……ね、それ、全部包みにしまっておいたら？」

「ダメダメ。肌身離さずつけてないと悪いことが起こるって言われたもん」

そりゃ、お守りどころか呪いの品ではないか、と秀麗と静蘭は思った。

（……こ、このひと……ほんっとに大丈夫かしら……）

今まで年上といえばたいがいしっかり者が多かった秀麗は、本気で心配になった。劉輝は確かに騙《だま》されやすいが、なんだかんだいって結局たいした被害に遭ってはいないし。

羅干親分は秀麗がなぜ贋作《がんさく》を調べにきたのか、少しもたずねてこない。秀麗も贋金《にせがね》の件を言うべきかどうか迷った。画商が贋金にも関与しているなら、この贋作と一緒に流通しているはずだ。

贋作はともかく、贋金は国の一大事だ。つくれば問答無用で死罪だし、何より市場が混乱する。秀麗一人でなんとかできる類のものではないし、あちらこちらに言いふらすわけにはいかない。ましてや今の秀麗は何の権限もない無官の身だ。一応、胡蝶にも贋金のことは口止めしてきたが――。

秀麗は結局『贋金』の件は言わず、ただこうとだけ言った。

「羅干親分、金物屋さんに関して何か苦情がありましたら、言ってください」

すると、羅干は面白そうな顔をした。……秀麗はぎくりとした。何も言わずとも、全部筒抜けてしまった気がしたが、もう後の祭りである。人生経験に差がありすぎる。

「わかった」

羅干は何も訊《き》かずにただ鷹揚《おうよう》に頷いた。

＊　＊　＊

一方、劉輝たちは碧幽谷の手がかりをつかむために、姮娥楼を出たあと歌梨という女の行方《ゆくえ》をさがすことにした。――が。彼女の謎な行動に首を捻《ひね》ることになった。

「どうやら歌梨という女性は、なぜか書画屋を片っ端から当たっているようですね」

通りを歩きながら、楸瑛は配下から受け取った文《ふみ》に目を通した。

「店で贋作を見つけたら『贋作！』と指摘して、次の店に飛んでくらしい」

「お前の配下でつかまえられないのか？」

「……う～ん、何回か声をかけてみようとしたらしいんだが、……なんだろう、詳しくは書いてないが、ことごとく蹴散《けち》らされたらしい……」

なんだか、その部分に涙の痕《あと》のような染みがにじんでいるのは気のせいだろうか。

そのとき前方から一人の女が土埃《つちぼこり》を蹴立《けた》てて猛然と駆けてきた。

「おどきなさいそこな下郎ッ‼　邪魔ですわっ」

一喝され、三人がえっと思ったときには、すでにすれ違って後方に走り抜けていた。

あまりの突進ぶりに、誰もが悲鳴を上げて飛び退くようにして道を譲っている。一つに束ねた巻きの強いくるくるとした長い髪が背中から浮きっぱなしだ。

「……な、な、なんだ、今の猪みたいな女は」

「それは失礼だよ絳攸。かなりの美女だったよ。勝ち気そうな目に、ちょっとつり上がった細い眉《まゆ》。柳みたいな腰にふくらんだ赤い唇。歳は二十代半ばとみたね」

「なんで今の一瞬でそんだけわかるんだ貴様は⁉」

「……下郎……余ははじめて下郎と言われた……」

呆然《ぼうぜん》と見送っていると、あんまり人相の良くない輩が、突っ走ってくる女に気付き、にやにや笑って遊び半分で道を塞《ふさ》ごうとした。助けに行ったほうがいいかと楸瑛と劉輝が足を踏み出したとき――。

女は一切足を止めず、男の股間《こかん》めがけて跳《と》び蹴《げ》りを食らわした。

まるで紙芝居でも見ているようにゆっくりと男が悶絶《もんぜつ》の悲鳴をあげてうしろにぶっ倒れ、女はひらりと着地、かつトドメとばかりに男の顔面を問答無用に踵《かかと》で踏みつけた。

「まったく男というのは害虫の別名をいうんですわ!! 死んで出直しなさい!!」

吐き捨てると、女はまたまた全力疾走で駆け出し、近くの小路に消えた。

「………………」

「……余も……害虫か…………」

「…………。ええと……あっ、秀麗殿の情報も書いてありますよ……」

楸瑛が書翰《しょかん》に目を落とした。いまのことは忘れることにしよう。

「あ、凄《すご》いな。羅干親分の店にも秀麗殿は入れるのか。私でも門前で立ち話が精々なんだが」

「羅干親分?」

「ええ。胡蝶より上格の大親分ですよ。そこで保管されていた贋作をもっていったらしいですね。あと、『金物屋さんに苦情があったら教えて下さい』と親分に頼んでいったとか」

劉輝と絳攸が目を丸くした。ややあって、絳攸は顔を曇らせた。

「……御史台《ぎょしだい》がやることを秀麗がやってるぞ。本格的にまずいんじゃないか」

「……いや、秀麗は御史台が動いてるとは思っていないのだ。だから……」

絳攸は思わず呻《うめ》いた。

「そうか、そうだったな。……いつもなら正しい、んだが……」

監査の御史台が動くには、ある前提条件がある。秀麗はまだそれを知らない。

「秀麗のことだ。ガサガサしたり犯人《ホシ》を挙げる前に上申書を出してくれると思うが……」

……ガサガサする、とはどうやら家宅捜索《ガサいれ》のことらしい。楸瑛は諌《いさ》める目つきをした。

「……主上、なんです、そんな言葉どこで覚えたんです」

「フフ……霄太師からもらった本で、余も日々庶民の勉強をしているのだ。偉いだろう。自慢の主上だろう？　ささ、遠慮なく褒めてくれていいぞ」

胸を張る劉輝の両頬を、絳攸がうにょーんとひっぱった。

「そんな言葉より先に、謙虚という言葉を覚えてほしいもんですね」

「……あの……そなたは『尊敬』という言葉を知っているか？」

「ええ、もちろん。いつその言葉を使えるかじりじりしながら待ってますよ」

劉輝はひっぱられた頬をさすりながら、楸瑛の報告を思い返した。

楸瑛でさえ門前での立ち話しかできないというのに、秀麗は贋作の持ち出しを許された。

秀麗が他のぼっちゃん官吏と違うのは、育ってきた環境だ。賃仕事であちこちに顔を出し、道寺《てら》で子供たちに勉強を教えがてら懸命に働き、培ってきた人との信頼関係。

「……今の御史台長官は手段を選ばない上に矜持《きょうじ》が高いと聞いている……」

絳攸は劉輝の言いたいことを察した。

「……ええ。秀麗は知らず知らずに相当踏みこんでいる……御史台が知ったら、確かに面白くないだろうな……」

「もしかしたら、秀麗が動いたことで案外早く決着がつくかもしれぬ。あんまりのんびりしてもいられなくなったな……。今日は本気で幽谷を捜そう。なるべく早く歌梨という女人を見つけて、幽谷殿の居場所をつかまねば……」

楸瑛は何やら嬉《うれ》しそうな顔をした。

「それが、歌梨という女性はかなりの美女だそうですよ。会うのが楽しみですねぇ」

金的に一撃をくらった大男はまだ路上でのびている。

「はっ、さっきみたいな女だったらどうする？」

「まさか。歌梨なんていう優しい響きの名前の女性がそんなわけないよ。……まあ、確かにさっきの女性もかなりの美女だったけど……まさかね」

絳攸も、自分で言い出しておきながら、さすがに捜索相手があんな女なのは嫌だと思い直し、自分に言い聞かせるように同じく言った。

「……まさかな」

「……ま、まさかなのだ」

うんうんと三人は頷き、さっきの女性とは反対方向にそそくさと歩き出した。

「そういえば主上、珍しく邵可様のお邸《やしき》に行こうとは言いませんね？」

「ん？　ああ、いいのだ。……待っていることがあるから」

「待っていること、ですか？」

「うむ。そうしたら、一緒に行こう。きっと、おいしい茶州の野菜料理が食べられるぞ」

「なんだ、やけに具体的だな。なんで野菜料理で限定なんだ」

故意に、胡蝶の「男には厳しい」発言を忘れようとした三人は、なるべく他愛のない話を頑張ってしゃべりながら、とりあえず書画屋をあたることにしたのだった。

＊　　＊　　＊

そのころ、吏部《りぶ》では碧珀明が仕事を終わらせようとやっきになっていた。

（まずいまずいまずい！　幽谷がきてるということはあの二人もきてるはず――）

いつもフラフラしている幽谷だが、必ず三人一緒で行動している。……何ごともなければ。

しかし、何ごともないほうが珍しいことを珀明はよく知っていた。

この貴陽に三人仲良くきていたとしたら、絶対珀明のところに『訪ねる』と連絡を寄こす。ないということは、またまたなんか妙なコトでバラバラになったに違いない。

（もしかしたら今頃誰か僕の邸にきてるかもしれないっていうのに――）

公休日にまさか城で仕事をしているとは夢にも思うまい。

頭を抱えた瞬間、湯呑《ゆの》みが飛んできて珀明の脳天にカーンと当たった。

「ウルァ珀明!! 上の空で仕事すんじゃねぇ！ 余計帰るの遅くなんだろが!! 茶ぁ淹《い》れたあとコイツを府庫《ふこ》に返しにいってこい！ 俺は！ 俺は今日彼女のご両親にゴアイサツに行くはずだったってのにこんちくしょぉおお仕事しろよ尚書《しょうしょ》――っっ!! こないだヘンに仕事終わらせて夢見させるからうっかり約束しちゃったじゃないか――――っっ！」

先輩官吏が怒りながら泣き伏した。こんなコトは日常茶飯事で、今さら珀明も驚かない。

休日出勤とは、えてして人からイロイロなものを奪うものだ。理性とか、人間らしい心とか、……彼女の愛とか。

別に彼女もいない珀明は今まで休日出勤でも何とも思わなかったが、今日ばかりは違った。一刻も早く仕事を終わらせ幽谷たちを捜すべく、速攻で出がらしの茶を淹れ、大量の資料を両手に抱えて府庫にスッ飛んでいく。焦燥感でいつもの三倍は速度があがる。

（早く終わらせて家に帰って情報を集めないと！）

珀明は『悪鬼巣窟《あっきそうくつ》』吏部の名にふさわしい、鬼のような形相で東奔西走した。

そうして駆け回る中、途中で何度か「嫁御ぉおおおお」「主上～～～！」とやはり全力疾走で駆け回っているモコモコ羽令尹《れいいん》とすれ違った。

五度目にすれ違ったとき、なんだかお互い妙な親近感が湧き、視線を交わした。

まるで以心伝心のように、その一瞬、二人は同時にグッと握《にぎ》り拳《こぶし》をつくった。

歳なんて関係ない、男同士、何かが通じ合った瞬間だった。

頑張ろう、と碧珀明は心を新たに猛然と駆けた。

……あまりに自分と幽谷のことを考えすぎていて、現在王は絳攸と一緒に城下に降りているらしいということを、「うーさま」に教えることさえ忘れていた珀明であった。


——同時刻、珀明邸を、まさに彼が危惧《きぐ》していた通り、一人の男が訪ねていた。

それは姮娥楼で楸瑛に（故意ではなくとも）追い返された男であった。

「……え？　珀明くん、公休日なのにお仕事なんですか？」

門番に名前を訊《き》かれた男は、あやふやな笑顔をして、いや名乗るほどの者ではありませんと返事をした。

「それじゃ、邪魔しちゃ悪いから、帰ります。私が訪ねてきたことは、彼には言わないでおいてください」

もし歌梨とあの子が珀明邸《こ》を訪ねていたら、珀明は門番に何かしら自分宛《あて》の伝言を残しているはずだ。どうやら歌梨は珀明邸にもきていないらしい。男は邸《やしき》からひきとりながら、ほとほと困った。

（あー……本当にどこに行っちゃったんだろう……いつもながらボーッとしていた僕が悪かったとはいえ……まさかこんなに見つからないとは思わなかった……）

男は少々焦り始めていた。いつもなら、バラバラになってもだいたい見当を付けたところにいてくれた。離れてもこんなに長い間見つからないなんてことなかったのに――。

（でもまあきっと、歌梨さんは絶対あの子と一緒にいてくれるはずだから――）

次はどこを捜そうか考えた男は、偶然近くの「迷い猫さがしてます」の貼り紙を発見し、ポンと手を打った。

「あ、似顔絵描いて捜したらいいのか。……でも勝手に描くなって歌梨さんに言われてるんだよな……」

どうしよう、と悩むばかりで、他に名案もでてこない。

「……うーん、とりあえず今日捜して見つからなかったら、玉《ぎょく》くんのとこに行って泊めてもらおう……でも珀明くんが仕事してるなら、工部侍郎《こうぶじろう》も働いているのかな……」

＊　＊　＊

「……うーん、これ、贋作《がんさく》ってことは、描いてる誰かがいるのよね……」

秀麗は道々、羅干親分のところで引き取らせてもらった十いくつの巻物のうち、一つを難しい顔で見つめた。

「巻いて持ち歩けるくらいの小品ばっかりだし——なるべく短時間で描けて売れるものだけ選んでるっていう感じよね……」

ぶつぶつと考えをまとめる秀麗の隣を歩きながら、蘇芳は後ろを歩く超絶美形の『家人』をそろりと見た。隙あらばトンズラしようと画策していたが、そのたびにあのおっかない家人に何度もタケノコを投げられたりして失敗つづきである。

「……あーのさぁ、画商のほうって、あのこえぇ親分が『テメー、贋作売りつけるたぁどういう了簡だ。知ってること洗いざらい吐かねーとドスがテメーの墓標になんぜよ』って脅しても結局何もわかんなかったんだろ？　むりむり。君にそれ以上何ができんの」

「んー。そうなのよね。だから、別方向からちょっと調べてみようと思って。今の私にできることっていったら、調べられるだけ調べて、なるべく早めに上申書出すことくらいだもの」

蘇芳は横目で秀麗を見た。

「……あんたさー」

「なに」

蘇芳はじっと秀麗を見つめ、顔を背けた。

「……なんでもねー」

ちなみに贋作の大半は静蘭がしょっている。最初は蘇芳に押しつけていたのだが、秀麗がタケノコを背中にしょったことで、秀麗と蘇芳が仲良く同じ格好をしているように見えたので、蘇芳から風呂敷包《ふろしきづつ》みを奪ってしょったのである。しかし背が空いた蘇芳が今度は手提げの金ぴかタヌキの置物を背中にしょったので、今では三人仲良く同じ格好で通りを歩いている。楸瑛あたりが見たら、「……田舎からでてきた三兄妹《きょうだい》？」とか言ったかもしれない。

「……で、これからどこに行くつもりなわけ？」

「えーと、『嘉永《かえい》書画』っていうお店」

「……なんで？」

秀麗は羅干親分からもらった購入経路の記された書翰《しょかん》を蘇芳に差しだした。

「羅干親分にもらったこの情報からすると、騙《だま》されて画《え》を買った人って、大半が『謎の画商』の口車に乗せられて直接買ってるんだけど、残りの人は、書画屋で選んで自分で購入してる……嘉永書画って、そのお店の一つなのよ」

「ナニ、じゃあその書画屋のオヤジとかが『謎の画商』だとでもいうわけ？」

静蘭は呆《あき》れた。

「タンタン君……君、ちょっと短絡思考すぎると思いませんか」

「……どーせ頭悪いよ」

「頭悪いんじゃなくて、使ってないっていうんですよ」

秀麗はどう説明したものか、ちょっと上を向いた。

「……うーんとね、タンタン。このさい『謎の画商』はどうでもよくって」

「いいのかよ」

「だって、親分が『謎の画商』をつきとめられなかったのに私一人じゃむりってタンタンだって言ったでしょ」

「…………。……まあ、そーだよな」

「でも、贋作そのものにしぼって見れば、ちょっとおかしい点があると思うのよね」

静蘭がしょっている包みから、秀麗は巻物を一本とりだした。

「この贋作ねぇ……ちょーっと引っかかるのよね……」

「はあ？」

「贋作を本物と信じ込ませて売るためには、絶対必要な前提条件があるじゃない？」

蘇芳はうーんとうなった。

秀麗はキラリと輝く蘇芳のタヌキ軍団を指さした。

「銀のタンタンタヌキ軍団をよーく見ればわかるかも」

「ん？」

蘇芳は自分の格好を見回した。金のタヌキの置物が一つ、銀のタヌキは耳・腕・指輪と複数、白金のタヌキは首飾り一つ……。銀のタヌキは複数……複数？

「あっ、そーか。真筆がどこにあるかバレバレだったりしたら、贋作売ってもすぐニセモノってばれるよな。真筆は行方《ゆくえ》知れずとかじゃなくっちゃダメなワケか。……ん？　でも、なーんか引っかかるなぁ。それってさぁ、おかしくない? なんで貴陽でわざわざ売るわけ？」

静蘭はパチパチと拍手した。

「そのとおりですね。王都貴陽で画を買うお金持ちや貴族は、相当目が肥えているものです。教養も高く情報網も広いですから、どこそこの貴族は某画の真筆を所持している、誰々の邸には某君の画が飾ってあるなどなど、ちょっと聞けば鐘のようにカーンと返ってくるものです。自慢したがりが多い上に、贋作を買わされるなんて一生モノの恥。つまり、貴陽は碧都《へきと》と並んで、贋作が流通しにくい場所といえるでしょうね」

「……だよな。じゃ、なんで？」

「わざわざバレる可能性の高い貴陽で売ってるのは、描き手が貴陽にいて、かつ他の街に確実に運搬できる能力のない、そんな大きな組織じゃないから、でしょうね。……まあ、胡蝶妓《ねえ》さんでさえ真贋判定に手こずった腕前だから、単に自信があっただけかもしれないけれど」

しかし蘇芳はまだ首を捻《ひね》っていた。

「……んーとさぁ、そこだよな……。いくら腕前に自信があったっつっても、なんで『謎の画商』はそんなに自信もっていろんな贋作を売りまくれたわけ」

秀麗はにっこりした。

「タンタン！　全然頭悪くなんてないじゃないの！　なんで使わないの」

「…………なんか……褒められてる気がしねー……」

だ。

「褒めてるのよ。まさにそこ、私もそこが気になったのよ。あっちこっちの大貴族とか王家が大量の真筆を所持しまくって見せびらかして自慢合戦とかしちゃってるこの貴陽で、どうして一人の画商がこんなにたくさんの贋作をバレずに売ることができたのか。もちろん、高い技術の贋作だっていうのはもちろんだけど」

どんなに良くできていても、別の誰かが『真筆』を所持していれば怪しまれるのは当然だ。

買い手に贋作を真筆だと確信させて売るには『真筆の所在を誰も知らないこと』。

「ふた月っていう短期間で、こんだけ売ったたってコトは、『謎の画商』は『この贋作の真筆の所在は絶対知られてない』っていう確信のもとに売りまくったとしか思えないわ。買い手だってそう馬鹿じゃないんだし」

「だから、なんでこの貴陽でそんな確信がもてるわけ？　他の田舎街とかならともかくさー。どっかのエライ高官とか、もってるかも知れないって思うのが普通だろ。しかも今まで贋作だってバレてなかったたってことは、この巻物全部真筆の所在不明だったたってことだろ？　こんな一点集中で大量に『所在不明』の贋作ばっか集められるのって、おかしすぎるだろ」

「それがねぇ、逆に考えれば、ぴったりハマったりするのよね……」

「逆？　こーか？」

「……巻物逆さにして見てどうすんの。姮娥楼の大旦那《おおだんな》の言葉、よく思い出してみてタンタン」

逆さにした画を見た蘇芳は、ふっと何か違和感を覚えた。

「……あれ、これ……」

「どうしたの？」

「いや……。……で、逆だっけ？　逆……大旦那……ああ、そっか……」

蘇芳はひらいていた絵巻物をくるくると閉じた。

「『謎の画商』が『真筆』をもってればいいわけか……。そりゃ、贋作売ってる当人が『真筆』もってりゃ、『所在不明』に自信満々なのは当然だよな……自分とこに本物あるんだから」

秀麗と静蘭は顔を見合わせた。……なぜタンタンは急に鋭くなったのだろう。

「そうね。そう考えればピッタリくるのよ」

――『真筆』を、画商に売ったという、姮娥楼の大旦那。

「どうして一介の画商がこんなに『真筆』をもってるのかっていうのも、その画商が正々堂々と貴族やお金持ちから『真筆』を買い集めたなら、別におかしくないわ。買い取った『真筆』を手下の画師に見せてそっくりの贋作《がんさく》を描かせる。で、それを『真筆』として売る。『謎の画商』が某氏からナニナニの画を買い取ったっていう噂があればなお信憑性《しんぴょうせい》は増すし。『贋作』を売ってお金を儲《もう》けて、『真筆』は自分の懐にしまうって算段よね。……しかも……」

「……しかも？」

「……その代金に、ニセ金が交じってたでしょ」

「ああ……なるほどね……」

　蘇芳はどこか適当そうに溜息をついた。

「……『真筆』を買い取るとき、ニセ金使えば、二重にボロ儲けってことね。で、君は『謎の画商』そのものじゃなくて、このところやけに『真筆』を買い集めてる画商の噂を訊きに、わざわざこの嘉永書画に行くわけね。この店で、『贋作』が売られてたってことは、姮娥楼の大旦那みたいに、その画商に直接会って買った可能性が高いから」

　静蘭は目を丸くした。

「……どうしましたタンタン君、いきなり回転が速くなって」

「……べっつにー」

　ちょうどそのとき、嘉永書画に到着した。

＊　　＊　　＊

「……なんなんだ、歌梨て女は……」

　一日中歌梨という女を追って歩きづめだった絳攸はげっそりした。もともと文官の絳攸はそう体力があるわけではない。書画屋の店主に話を聞くのは楸瑛に任せて、店先で休むくらいへとへとだった。

どう考えても歌梨という女は一日中走りっぱなしだとしか思えない。

宋太傅にきたえられて実は底なしの体力の持ち主である劉輝は、まだ余力がある。

「できれば今日中に幽谷の居場所だけでも確認したかったが……」

劉輝は日の傾きを見て、渋い顔をした。……もうそろそろ城に戻らないとならない。夜中まで戻らないかもしれないと、悠舜や珠翠に言ってくればよかった。

そのとき、書画屋から難しい顔をして楸瑛が出てきた。

「楸瑛、何かわかったのか？」

「……いえ、ここも手がかりゼロです。でもそれよりもですね。気になったことが。ちょっとこの画《え》、見てください」

書画屋でたった今買ったらしい画を、手の上に広げる。

「秀麗殿たちもこの店にきたらしいんですが、店主が門前払いしたので、この贋作は引き取れなかったみたいですね。問題なのは、この画の筆蹟《て》……」

劉輝と絳攸が画をのぞきこむ。確かに、かなり出来のいい贋作だ。劉輝でさえ、気をつけて注視しなくては気づかないかも知れない。

それとは別に、……どこか、頭の隅に引っかかる妙な違和感があった。まるで騙《だま》し絵のように、この絵のなかに、何かが隠れているような——。

『違和感』に気づいた瞬間、劉輝は思わず叫んでしまった。

「……待て……これ、幽谷の画に……どこか、似てる……」

「だと、思いました？　私もです。ものすごくよくできた贋作ですし、幽谷の画をよほど多く見たことがなければ、気づかないでしょうね。……静蘭も、多分気づいてないと思います。幽谷の画が出回り始めたのは十年ほど前からですし……」

「うむ。だが、似てる『気がする』が、幽谷と言い切れない気がする……」

幽谷の描く画は、ひとことでいえば無茶苦茶で異様な迫力、だ。

たとえば風の中、一本の柳の下をトボトボ歩く鬼女。美しい仙女が、醜怪な鬼に愛《いと》おしそうに手ずから桃を食べさせる画。これでもかというくらい画面一杯に筆を描き込み、朱や青色を入れ、余白の美など考えもしない。調和とは無縁の、見ただけで頭がぐるぐるするような異様で気持ち悪い——しかし目を惹《ひ》きつけずにはいられない壮絶な迫力——。そうかと思えば、墨の濃淡だけで月夜の山水、庵《いおり》で滝を見る隠者をさらりと描き、存分に余白の美しさを活《い》かして見る者の息を呑《の》ませる——静謐《せいひつ》で優しい、どこまでも遠く高く、この世の果ての深山に本当に自分が降り立ったかのような、吸い込まれそうに繊細な画をポンと出してきたりもする。

あまりにも相反する魅力——それでいて、どちらともに画に魂を直接刻み込むような、余人に真似のできない凄艶《せいえん》でどこか狂った迫力をもつのが、碧幽谷という画師だった。

それゆえに、碧幽谷は決して模倣のできない千年の画師と言われている——。

この贋作は、碧幽谷特有の「異様な迫力」を、微《かす》かに感じさせる。筆致もどこか似ている。ほんの片鱗《へんりん》程度で、本人とは言い切れないのも確かだった。

楸瑛も違和感を覚えながらも劉輝に言ってみた。

「確かに、私も幽谷とは確信できないんですが……でもいまだに誰も完全な模写ができなくて、一つも模本ができない碧幽谷ですよ。贋作どころか手本に写しとるのもままならない有様なのに、『幽谷な気がする』なんて印象が与えられるほどの腕の画師がいるなら、贋作なんかで稼がなくてもとっくに正々堂々画壇に立って脚光を浴びてるでしょう」

「……まあ確かにそうだが……」

「……私も、ちょっと違和感はありますが、でも、この贋作の制作者が、幽谷殿、もしくは幽谷殿と何か関係があるのは確かだと思います。もしかしたら、碧家の関係者かもしれません」

絳攸が呟《つぶや》いた。

「だとしたら、この贋作の描き手は、『むりやり誰かに描かされている』可能性が高いな」

絳攸は珀明の毅《き》然《ぜん》とした態度を思いだした。自由と芸術を愛し、守るのが碧家の誇りと言い切った。優れた画師の育成として技術向上のための模写ならいくらでも許すだろうが、『贋作』だけは誇りにかけて決して許さないはずだ。

楸瑛も厳しい顔で頷《うなず》いた。

「確かに……。描き手が幽谷殿にしても、碧家の関係者だとしても、これだけの高い技術の画師なら、わざわざ贋作づくりに手を染めるのはおかしい」

劉輝は今日一日の歌梨という女性の足取りを思い返した。

鬼気迫る勢いで贋作を片っ端から調べている彼女は、何かを知っているはずだ。

彼女が、幽谷とつながりがあるのなら、そして彼の身に何かが起こっているのなら。

捜して、一刻も早く無事な確保を。

幽谷は必要なのだ。どうしても。けれど、大々的に捜すわけにはいかない理由がある。

「……主上、お気持ちはわかりますが、今日は夕方までに本当に帰りませんと……」

「……わかってる。悠舜殿にも帰ると約束したし……また明日の午後捜しにこよう。いいか絳攸？」

絳攸はチラッと脳裏に吏部《りぶ》の配下たちを思い描いた。……一応、明日も公休日だが——。

(すまん。明日も俺のかわりに休日出勤してくれ)

あっさり絳攸はそんなひどいことを(勝手に)決定した。実際、この件はある特別な理由から、最優先事項に等しい。王が直《じか》に足を運んで頭を下げるのが必要なら、そうしなくてはならない。

「もちろんです。この件を片付けるのが先ですからね」

＊　＊　＊

——静蘭の笑顔と話術(↑恫喝《どうかつ》だとはタンタン心の感想である)、蘇芳の『一応官吏です』をもって、『嘉永書画』店主から近頃『真筆』を買っている何人かの画商を聞き出したあと、秀麗もまた書画屋を回っていた。

そうすると劉輝同様、歌梨という謎の女性について首を傾げるハメになった。

「歌梨さんて……本当にナニモノなのかしら。何か知ってるのかしら？」

「おかげで贋作《がんさく》回収が楽ですけれどね。この通りではかなり有名らしいですね……相当の目利きなのは確かですし」

静蘭が背にしょった巻物（贋作）の数は、またいくつか増えている。

なんと、あの姮娥楼で一瞬だけ顔を合わせた歌梨という女性は、今日一日であちこちの書画屋に怒濤《どとう》の突撃をかけていた。鑑定のできない秀麗では回収は不可能と思い、『真筆を購入している画商』の情報だけを期待していたのだが、胡蝶お墨付きの彼女が行く先々で『鑑定』してくれたおかげで、思いがけず贋作を回収できてしまった。幸い、姮娥楼の大旦那《おおだんな》をお得意様とするなじみの深い店が多く、秀麗が邪険に追い払われることはあまりなかったのだが――。

秀麗は一つ気になることがあった。

「……引き取るときに思ったんだけど、歌梨さんが『贋作』って言った画って、ことごとく買い手がついてたじゃない？　……偶然なのかしら……」

買い手の名は別々だったが、他に『真筆』もたくさんそろっている書画屋で、狙ったように『贋作』すべてに買い手がついていたというのは、なんだか出来すぎな気がする。

「誰かが……贋作とわかってて買ってる……のかしら……？」

静蘭は背後を一瞥した。

……羅干親分の店を出たときから、ずっと誰かがつけてきている。

今までの、秀麗の動向を適当に見張っているだけの、素人同然の動きではなかった。

武官の身のこなしではないが、そっと影にとけこむような埋没ぶりは玄人だ。

秀麗を追っているのか、それとも――？

蘇芳に目をやった静蘭は、思い直した。わざわざタンタン君を追う理由がない。

静蘭の視線に気づかない様子で、蘇芳が嫌々きいた。

「……で？　次はドコに付き合わされるわけ？」

「あ、もう帰るって言わないのね、タンタン」

「……言ったって帰してくんねーだろ……」

「えーとね、問屋通りと、途中で金物屋さんにも寄って、あと――」

「問屋通りと金物屋ぁ？」

「そう。最後に、三太の叔父《おじ》さんとこにも行かなくっちゃね……」

と、秀麗は呟いた。

（……本っ当に金物屋と問屋に寄ってるぜ……）

金物屋と問屋と見ればすかさず寄っていき、店主と何やら世間話をする。今も通りに面しているなじみの金物屋のおっちゃんのところで話し込んでいる。

「……なんであいつ、あんなに金物屋と問屋にこだわってんの？　贋作と何の関係があんの」

「タンタン君、わかりませんか？」

「全っ然、わかんねぇ」

「じゃあ、考えてみるといいですよ。使わないとますます頭がおバカになりますよ」

涼しげな表情のやたら美形な『家人』を、蘇芳はじろじろ見た。

「……あのさー、あんたさー、いくつ？」

「年齢不詳ですから、ご自由に考えてください」

「絶対三十超えてるだろ。年齢不詳ってヤツは大概見た目より五歳は上なんだ。女と同じ」

静蘭のこめかみに青筋が浮いた。……実年齢より上に見られたのは初めてだ。

「……タンタン君。良い度胸ですね本当に。君、女性に散々フラれてきたでしょう」

「……なっ、な、なんだよ。何を根拠にそんな」

「いちいち余計なひと言がダダ漏れなんですよ！　心からの忠告をしてあげますが、さっきの言葉を女性に言ってみるといいですよ。あっというまに昇天させてくれますから」

これにはうっかり失言の多すぎる蘇芳も口をつぐむしかなかった。

金物屋を見ると、秀麗は店主のおじさんでなく、十歳ほどの女の子と何やらしゃべっていた。しゃべっている……というか、少女は泣きながら秀麗に何かを訴えていた。秀麗が慰めるように頭を撫《な》でて何ごとか答えると、少女はようやく顔を上げて頷き、涙をふくと深々と頭を下げて小路に消えていった。……金物屋の娘かと思ったら、どうやら違うらしい。

そう、これもナゾの一つだった。一緒に歩いていれば、秀麗は行く先々で大人から子供からじーちゃんばーちゃんまでよく誰かにとっつかまってなんか言われているのだ。

秀麗がいちいち立ち止まって話を聞くものだから、これまたなかなか進まない。

金物屋から戻ってきた秀麗は、難しい顔をしていた。

「お嬢様、金物屋さんはどうでしたか？」

「……やっぱりここもお鍋《なべ》がちょっと高くなってるわ……。今まで気づかなかったのはウカツだったわ。あーもう。でもこっちはひと月くらい前からってことらしいから、……多分今のところまだあんまり出回ってないと思うのよね……」

蘇芳はさっぱり意味不明だった。何を話しているのだこの二人は。

「あとねー……もう一つ気になってるのよね……」

秀麗のやけに険しい視線の先を辿《たど》れば、……なぜか塩屋。

蘇芳はついに訊《き》いた。

「……なあ、あんたら何言ってるわけ。塩と金物屋が画《え》となんの繋《つな》がりがあんの」

秀麗は目をパチクリさせた。

「え？　別に関係なんてないわよ」

「……はあ⁉」

そのとき、うしろから声をかけられた。

「……おや、問屋にちょこちょこ顔をのぞかせている女の子がいると聞いてきてみれば、やはり秀麗殿だったか」

「凜さん！」

柴凜は通りに並ぶ金物屋と塩屋、そして静蘭のしょった包みからのぞく絵巻物それぞれに、素早く目を走らせた。

柴凜は無駄なことは訊かなかった。

「何か私でお手伝いできることがあれば協力するよ」

秀麗はパッと顔を輝かせた。

＊　＊　＊

「悠舜」

黎深が仕事を案外真面目に手伝ってくれたおかげで、何気なく尚書令室《しょうしょれい》へ書翰《しょかん》を届けにきた官吏たちが「自分の頭がおかしくなった」「眼精疲労がついに極限に！」「ありえない幻を見た。寝ないとイカン」などと口々に言い出し、本当にフラフラ帰ってしまった。特に吏部《りぶ》の官吏たちは見てはならないモノを見たかのように扉を開けた瞬間、速攻で閉めて壁に頭を打ち付け、昏倒《こんとう》する者が続出した。

（……黎深が真面目に仕事をすると、それはそれで支障がでるのですね……）

なかに一人、やけに鬼気迫る勢いで突撃してきた若い吏部官だけは、昏倒もせずにきちんと書翰を届けてくれた。若いのになかなか見どころがある。

悠舜はそんなことを考えていたので、黎深の呼び声に反応が遅れた。

「はい？　なんですか」

「……なぜ、例の件を鳳珠に言わない？　あいつの管轄だろう」

「おや、あなたが国政に関心を持ってくれるなんて、嬉《うれ》しいですね」

「関心があるのは政事《まつりごと》じゃない。お前のほうだ」

「……黎深、そういう言葉は私ではなく、百合姫《ゆりひめ》にいうものですよ」

「う、うるさいな。いいから答えろ」

「はいはい。……まあ、ちょっと、気になっていることがありまして」

悠舜は戸部《こぶ》からあがってくる書翰に目を通した。そこにはある数値が書かれている。

「どうも、とってもよくできすぎていて、逆に勘繰りたくなってしまうんですよねぇ……。こう、茶州で私がお相手していた方々は、ある意味まったく予測不能で行き当たりばっ……

……いえ、コホン、斬新な頭の使い方をして、こちらもたまにぎゃふんと言わせられることもあったのですけれど……」

「……ぎゃふん？」

黎深が顔を上げると、悠舜は小さく苦笑していた。その穏やかな表情には、以前の張りつめたような怒りや焦燥感はもうない。

「なんというか、久しぶりですねぇこの感じ……。碁の棋譜のようにこんなにすっきりとハマる美しい段取りは、逆に感動するといいますか。……王都に帰ってきたと、実感しますね」

張り巡らされる黒い糸。綿密な権謀術数の世界。

少しでも足の踏み出し方を間違えれば、まっさかさまに奈落《ならく》に落ちる、綱渡りの頭脳戦。昔は頭にきたこともあったけれど、今はなんだか笑い飛ばしたい気分になる。よくもまあこう頑張って色々考えるものだ。なんだかご苦労様ですと言いたくなってしまう。世の中はもっと単純に、人生はもっと楽しく過ごせるのに。どうして複雑にするのだろう。

（……はあ……私も確実に燕青の影響を受けてしまっていますねぇ……）

相手がどんなに緻密《ちみつ》な計略を練っていても、時々燕青はそのすべてをカッ飛ばして「正解」をつかんだりしていたけれど、もしかしたらこんな感覚だったのかも知れない。

「鳳珠には必ず伝えますから。さ、もう一頑張りです。お茶を淹《い》れてくれてもいいですよ？」

「この私に茶を淹れろだと？」

「秀麗殿においしいお茶を淹れてあげられたら、素敵だと思うのですけれどねぇ」

黎深は茶筒をつかんだ。

予想どおりの反応に、悠舜は思わず笑ってしまった。ワガママなガキ大将を相手にしているようなこの感覚も、とても久しぶりで。……もう、この朝廷で息が詰まることもない。

どこか昔の自分を思い出す、若い王を脳裏に描く。

何があっても王でありつづけなければならない彼のために。そして自分のために。

「少し、頑張ってみましょうか……」

＊　＊　＊

——柴凜に頼みごとをして別れたあと、静蘭は秀麗が言う前に言った。

「最後は、王商家、ですね？　お嬢様」

静蘭の言葉に、秀麗は頷《うなず》いた。

もうそろそろ、陽《ひ》が沈みきる頃になっていた。

『お嬢様はタンタン君と一緒にここで待っててください。王商家には私が行ってきます』

秀麗は少し迷ったが、静蘭の言葉に甘えることにして、近くの茶屋で待つことにした。

……秀麗にはまだ慶張に返せる言葉が見つからない。

「……あーのさぁ、なんかわかんねーけど、これで終わりなワケ？」

秀麗と背中合わせに団子を食べながら、蘇芳はそう訊いた。ちなみに団子と茶の代金は静蘭のひそかな脅迫のもと、蘇芳が払わされている。

『人に親切にすると、いいことがありますよ？　お財布其《そ》の二……いえいえタンタン君』

（……人でなしってあーゆーヤツをいうんだ……）

羅干親分配下のほうがよっぽど人間らしく見えてくる。というか、『お財布其の一』にされたどこぞのヤツの運命はいったいどうなっているのだろう。考えるだに怖い。

「うん。今日はもう遅いから、これで終わり」

「今日はってさー……」

「だってまだ気になることがあるんだもの。明日、最後にある人のところに行ってそれを確かめて、凜さんに頼んだ情報をもらったら、一応終わりかしら」

蘇芳は目だけで秀麗を振り返った。

「……あのさー、もぉいーんじゃないの。てかそもそもこの贋作《がんさく》出して『こーゆーのが出回ってるみたいです。調べてください』って上申書提出すれば充分じゃないの。なんでそんなに頑張っちゃってるわけ。よくわかんねーけど、あんた何もしないでしばらくおとなしくしてろってことで謹慎させられたんだろ。あんたがそんなだからますます煙たがられるんじゃないの」

秀麗は団子を食べながら、驚いたように蘇芳を見た。

「珍しくまともなこと言うのね、タンタン」

「……珍しくかよ……」

「でも、どうせ何もしなくたって、煙たがられてるのは同じだもの。あなただってそのために誰か偉い人が私のとこに寄こしたんでしょ？　結局どっちでも同じなら……できるかぎり何かしたほうがずっといいじゃないの」

蘇芳は串《くし》についてる団子の最後のひとつを口でちぎり、飲み込みながらその言葉を聞いた。

「贋作と、例のお金の件は、明日、気になることを全部調べ終わったら、上申書にして出すわ。別に自分でつかまえようとか思ってるわけじゃないし。上申書出すにしても、細かい情報があったほうがいいだろうし。それにもともと私が街にでたのは——」

「……あーのさー」

蘇芳は首を後ろに傾けた。背中合わせになっている秀麗の頭にゴッッとぶつける。

「いたっ」

「さっきの言葉って、ホンネ？」

「……は？」

「デキルカギリ何かしたほーがいいじゃん、てやつ。なーんか、自分に言い聞かせてるカンジに聞こえたから」

秀麗は団子をのどにつまらせた。

「ホンネなら、すごいけどねー。俺だったらさー、『こんちくしょー！　謹慎？　ふざけんなよ!!』って喚くよ？　もうなんもかんもやる気なくなるっつーか。つか、できすぎじゃん、君。なんでそんなにさー、頑張っちゃってるの、ホント。もしかして、君の周り、誰もかれも『頑張れ』とか『頑張ったね』しか言わないんじゃないの。まーそーしたら、『これからも頑張るわ、ホホホホ』としか言えないと思うケドさー。おわーヤダヤダ。考えるだけでヤなカンジ。日がな一日ゴロゴロするのが好きな俺には耐えられないぜ」

蘇芳はタラタラとやる気なさそうに団子の串を指先で回した。

「……あーのさー、俺が出仕しようがしまいが朝廷はフツーに動いてきたし、あんたがいなくたって同じだと思うワケ。いたら体よく利用されるけど、いなかったらいなかったで別に困らないと思うよ。てかさ、何かしてもしなくてもお邪魔虫扱いなら、官吏やめたほうがよくない？」

責めるでもなく、皮肉るでもなく、どこか遠い目をして、蘇芳は独り言のように呟《つぶや》いた。

「君さー、もう一人きりなわけじゃん。一人でガンバったって、何も変わんないだろ。しかも謹慎中。この贋作だってさー、普通に考えて君よか先にセンモンカがとっくに気づいてお城になんか言ってるはずじゃないの。親分とかみたいな人がさ。金だってさー、一般人より先に、絶対エライ人が気づいてるのがフツーだと思うんだけど。無意味にガンバッたってしょうがないだろ。せっかく暇になったんだから、ゴロゴロしてりゃいーのに。わっかんねぇなぁ……」

のどにつまっていた団子を、ようやく秀麗は飲み下した。

そしておもむろに顔を振り向けると、蘇芳ににっこり笑った。

「……タンタン、ちょっと腹に力こめたほうがいいわよ」

「は？」

秀麗は素早く王商家のほうを見た。まだ静蘭が帰ってこないことを確かめる。よし。

秀麗は蘇芳に思い切り頭突きを食らわせた。


慶張は仕事先から王商家への帰り道を歩いていた。姮娥楼を出たあと、直接仕事先に行って、ようやく帰ってきたのだ。

その手には、今日届いたばかりの一通の書翰《しょかん》がある。それと、綺麗《きれい》な布に包まれた中くらいの箱がひとつ。本当は、秀麗に気持ちを伝えたあと、この書翰のことを話して、贈り物を渡そうと思っていたのだが――。

（……あーあ。こんなはずじゃなかったのにな）

あんまりにも秀麗が前しか見ないことに――恋も結婚もいつのまにか彼女の周りでは政略になっていることに、思わずカッとなってしまった。

……本当は、慶張にだってわかっている。ずっと昔から、官吏になる前から、いつだって前しか見ない女だった。自分が静蘭に遠く及ばないことだって知ってる。知ってるけど、……そんなのは、あきらめる理由になんかなりはしない。

「……まーた仕切り直しかよ……って、おわ⁉」

何気なく角を曲がると、なんとそこの団子屋で、ちょうど秀麗が蘇芳に頭突きを食らわせているところだった。慌てて壁に隠れる。

（……久々に見たぜ……あれすんげー痛いんだよな……）

慶張も子供の頃、怒った秀麗にやられた記憶がある。

「……なんで俺、あんな女好きなんだろ……」

慶張は思わず後頭部をおさえつつ、ボソッと呟いた。

――実際とんでもない衝撃を受けたのは蘇芳である。

無防備だった彼は、後頭部にもろに頭突きを食らった。

「いってぇ‼」

この戦法の最大の弱点は、秀麗自身にも同じ激痛が加わることだった。

二人はしばらく後頭部を押さえてうめいたのち、同時に振り返った。

「なにすんだー！」

「うっさいわね！　人がせっかくいろいろ心の整理してる真っ最中によりにもよってー‼」

振り返った蘇芳が見たのは、キッと眦《まなじり》をつりあげて、激痛のせいか、怒りのせいか、悔しさのせいか、それともその全部ひっくるめてか、目を真っ赤にさせている秀麗だった。

「強がんなくちゃやってらんないことだってあんのよこのタンタン!!　カッコつけたい人にはうっかり強がっちゃうし、認められたい人には弱音なんか吐かないわ!!　頑張れっていってくれる人の期待には調子こいて応えたいって思うわよ！　無理するしかないに決まってんじゃないの！　世の中なにもかもうまくいきっこないなんて、当たり前よ！　それでもねぇ！」

「あだだだ！　ほっぺた引っ張《ぴゃ》るのヤメロー！」

「それでも！　無理して良かったって、思うときがあるから！」

虎林《こりん》郡で出会った、シュウランの最後の言葉を思い出す。

『あたし、いつか絶対お姉ちゃんみたいな官吏になるわ』

ただその一瞬で、何もかもが吹っ飛んだ。

――あのひとことさえあれば、もう何もいらないと思った。

自分がとった行為と決断に、何一つ後悔なんかない。――けれど。

『今の師《せんせい》は官吏じゃないんだろ？　師これからナニするわけ？』

あの問いに、堂々と答えられる言葉がなくて。

何もすることがなくなって。何もしなくていいよと、言われて。

どこにいていいかわからない、ぼんやりした不安を、打ち消すために。

何度も何度も自分に言い聞かせる。シュウランの言葉。影月や燕青の言葉。昔の自分が夢見ていた道を、今の自分がちゃんと歩いていることを確かめる。

『紅秀麗という官吏が必要だ』と、言われたいから官吏になったわけじゃなかったはずなのに、そのために走り回ったわけじゃないのに、一人でいると弱い心が頭をもたげる。

(そんなんじゃダメなのに)

理想がある。でも、その理想の自分に近づけないでいるから、その差を強がりで埋める。官吏として、目指す先にいる、尊敬する人たちには弱音なんて絶対吐かない。

──そのくらいの意地と矜持《きょうじ》は、秀麗にだってある。

シュウランの言葉。あのときの突き上げるような胸の熱さ。思い出して確かめる。

ご褒美は、あれだけでいいのだと。思った最高の一瞬を。

もう一度つかむために。

「頑張ってよかったって思えるときがあるから！　強がるんじゃないの!!　一回折れたら、立ち直るのって大変なんだから！　一回でも『もーいっか』なんて思ったら、それっきりズルズル行っちゃうんだから！　口だけでも偉そうなこと言わなくてどうすんのよ！　カッコなんてつけるわよ！　夢なんて見るわよ！　決まってんでしょ！　自己満足だって言われよーが、なんかできることとやらなくてどーすんのよ！　ただでさえお邪魔虫で、何もしなけりゃ余計ゴクツブシ扱いされるに決まってんじゃないの！　顔あげつづけるために必要なのよ！　毎回ガケップチにいるってのに、ノンキに『意味ある』頑張り機会なんて待ってらんないわ！」

叫んだ瞬間、秀麗はタケノコをしょったまま立ち上がった。

大声を出したらなんだか色々なモノがスカッと突き抜けた。久々にメラメラと闘志に火がついた。

「そうよ、団子なんて食べてる場合じゃないってのよ！　怒ったらなんだかやる気が出てきたわ。タンタンが何言ったって、私は明日まで勝手に頑張りますからね!!」

颯爽《さっそう》とタケノコを取り出し、高々とかざしての宣言に、蘇芳は目をパチクリさせた。

「……へーえ」

相も変わらず、適当そうに頬杖《ほおづえ》をついて、言う。秀麗は我に返った。

慌てて辺りを見回し、次いで手にしたタケノコを急いで包みなおした。こんな恥ずかしい台詞《せりふ》、他の人には絶対聞かれたくない。

蘇芳はもう一度、今度は「ふーん」と呟いた。

──団子屋の壁によりかかって聞いていた慶張は、手にした書翰と箱を見下ろした。

「……なーんで俺、あんな女好きなんだろ……」

自嘲《じちょう》気味に笑ってもう一度呟くと、慶張は別な道を通って家路についたのだった。

静蘭が用を終えて茶屋にきてみれば、秀麗がやけ食いのように団子をむさぼり食っていた。……十本は竹串《たけぐし》が積み重なっている傍らで、蘇芳が呆《あき》れ顔をしている。

「あっ、あら、静蘭！　ほほほ、遅かったわね」

……お嬢様が「ほほほ」などというときは、何かしらうしろめたいことがあるときだったが、やけ食いで発散できる類のものなら心配はない。

「お嬢様、三太くんの叔父《おじ》さん、当たりでしたよ。証拠もいただいてきました」

静蘭は手にした小さな巾着《きんちゃく》を揺らした。カチャンと、硬貨の音が響く。

秀麗は思いついて蘇芳に助言した。タンタンのお父さんも贋作《がんさく》をつかまされている。

「タンタンも、今日家に帰ったら、金貨をこっそり量ってみたほうがいいわ。三太の叔父さんみたいに、画《え》の代金にニセ金が入ってる可能性が高いから」

「……へいへい。わかったよ」

蘇芳が僅《わず》かの間、沈黙したことに、このときの秀麗は気づかなかった。

＊　＊　＊

「ええっっ!?　今日家に帰らしてもらえないんですかー!?　城で泊まり!?」

死ぬ気で仕事をしていた珀明は先輩官吏の無情な言葉に、思わず絶叫した。

先輩は珀明以上にやけっぱちな笑みを浮かべた。

「ちなみに、明日の公休もナシだ。夜までがっつり仕事だ。俺たち男だ・ろ!?」

「なんでですかー！　わけわかんないこと言わないでください!!」

「俺がききてぇ!!　珍しく紅尚書《しょうしょ》が尚書令のとこで粛々《シュクシュク》と仕事なんかしやがるから、バッタバッタと吏部《りぶ》官がぶっ倒れて人数たりねんだよ！　侍郎《じろう》もまたズラトンだとぉ――ちっくしょお!!」

ついに彼女の親御さんにご挨拶《あいさつ》に行けなかった先輩は、今度は男泣きに泣くかわりに手近な硯《すずり》を壁に思い切り投げつけた。――と思ったら手元が狂って玻璃《はり》の窓を突き破り、庭の池まで飛んで、ぼちゃんと落っこちる音がした。そして珀明はトンズラ↓ズラトンを新しく覚えた。

割れた窓硝子《ガラス》からヒューと寒風が吹きこみ、珀明の心を寂しくさせた。

（……ああ……また戸部《こぶ》尚書に睨《にら》まれる……今度も僕が謝りにいかされるんだろうな……）

硯代と玻璃代と修理代、計上。こうして今年も吏部はまたまた備品紛失省庁連続第一位を更新するのだろうと、珀明は思った。とりあえず尚書が変わらない限り、記録はつづくはずだ。

しかし珀明はぐらぐらする頭をおさえ、なんとか言ってみた。

「あ、あのぅ……ちょっとだけ……一瞬だけでも、あの、家に、帰ら――」

ハッと珀明は口をつぐんだ。同じ室《へや》にいた全吏部官が、鬼のような目で珀明を睨んでいた。

(……ていうか、鬼だ……)

最後まで言ったら殺される。珀明はそう感じた。

「……な、なんでもありません……」

「オラ仕事だ仕事！　恨むなら鬼畜尚書と侍郎を恨め！　闇討ち万歳《バンザイ》誰か黒狼《こくろう》呼べやー!!」

吏部官吏らの恨み骨髄の雄叫《おたけ》びが室を包む中、珀明は慨嘆した。一言。――嗚呼《ああ》。

* * *

「胡蝶。この画、そろそろ飾ろうと思うんだよ。充分一人で堪能《たんのう》したからね」

姮娥楼の大旦那《おおだんな》は、落款《らっかん》のない、無名の新人の画を嬉《うれ》しそうにもってきた。

「やっぱり一階の中央、入ってきた人誰もが見える場所に飾ろうと思うんだけど、いいかな」

胡蝶は驚いた。そこは、姮娥楼でいちばん名誉ある場所だ。趣味人なら誰のどんな作品が飾ってあるか、必ず目を光らせるし、自ら作品を手がける一流の文人たちはその場所に自分の作品が飾られることを切望する。

「……驚いたねぇ。相当気に入ったんだね、大旦那」

「うん。そこに飾れば、誰か、自分が描いたって、言ってくれるかもしれないし」

にこにこ子供のように嬉しそうな大旦那に、胡蝶は苦笑した。

「負けたよ。わかった。じゃ、この花街一の妓女《ぎじょ》・胡蝶手ずから飾ってやろうじゃないか」

「本当かい？　じゃ、お願いするよ！　見るのを楽しみにしてるからね」

大旦那は胡蝶に巻物を渡すと、飛ぶように自分の室に戻っていってしまった。

（そいや、歌梨は今日帰ってくるのかねぇ……）

長い付き合いとはいえ、歌梨が自分のことを話したことはない。胡蝶も訊《き》かない。それが花街の流儀。歌梨はちゃんと花代を払う上客だし、何もされずにお金をもらえると、ひそかに妓女の間では大人気だったりする。

「……おや、こりゃ、確かにかなり将来有望……！」

言われた場所に画を飾り、遠くから改めて眺めた胡蝶は、大旦那の評価に納得した。

もちろん、当代随一との呼び声高い幽谷には遠く及ばないが――新人にしてはおそろしいほどの才能だった。落款がないのが本当に惜しい。まったくどこにこんな才能がひそんで――。

「……うん？　この画……どこか……幽谷に……？」

ちょうどそのとき、楼の入口の大扉が開いたかと思うと、全身汗だくの歌梨がよろめき入ってきた。

「歌梨!? ちょいとあんたいったい――」

「……み、見つからなかったですわ……」

「まったくあんたは何さがしてるんだい？」

胡蝶が慌てて抱き留めると、歌梨があえぐように訊いた。

「胡蝶……ちょっと訊くけれど、わたくしを訪ねてきたダサくて唐変木な男はいなくって？」

胡蝶はますます目を丸くした。歌梨が男のことを口にするなんてなんの天変地異だろう。楸瑛が追い返してしまった男のことなど知るよしもなかった胡蝶は、当然首を振った。

「いや？ 聞いてないけどねぇ」

「……どこまでも唐変木な男ですことっっ!!」

歌梨は胡蝶の肩越しに画を見つけ、大きな目を極限まで見開いた。

「――あの画は!!」

「うん？ ああ、やっぱり歌梨も目を付けたかい。なかなかの出来――」

「見つけましたわ!!」

歌梨は胡蝶の腕をふりほどいて、飾ったばかりの画に突進した。

食い入るように画を見つめ――叫んだ。

「植木屋と庭師ですわ!!」

それきり力尽き、歌梨はパッタリと気絶した。

「……植木屋と庭師？」

……その画はただの風景画だ。とにもかくにも倒れた歌梨を室まで運ばせようと、胡蝶は手下の男たちを呼んだ。

――……翌朝、大旦那は飾ってあるはずの画を眺めようといそいそと二階に急ぎ、煙のように画が消え失《う》せているのを見、無言で卒倒した。

『あの画はあとで絶対返しにきましてよ!!　ほんの少しだけお借りさせていただくわ！』

同じく翌朝には消えていた歌梨が書き残した紙を見せ、しくしく泣く大旦那を、胡蝶は手を尽くして慰めたのであった。

*　　*　　*

「ふ。ふふふふふふ。見ているのだろーさま！」

約束通り夕刻までに城に帰った劉輝は、その晩、幽谷とは別の件に頭をめぐらせていた。考えていたことをまとめ、料紙に書き出していく。

そのとき、タタタ、という恐怖のかわいらしい足音が聞こえた。

「主上！　どこにおわしまするー！」

パタン、とやはりかわいい音が間近で聞こえる。劉輝は息を呑《の》んだ。

「……く……ここにもおりませぬか……」

しょんぼりとした声で、扉が閉じられる。タタタタ、という足音が遠ざかるのを確かめ、机案《つくえ》の下で執筆していた劉輝は、詰めていた息を吐き出した。

（ふふ……さすがのうーさまも、まさか余が机案の下で書きものをしているとは思うまい）

誰も思わない。

「……宰相会議で通すには……最低でも過半数の賛成は……説得の仕方は……」

劉輝は今日、久しぶりに聞いた秀麗の声を思い返した。

——秀麗に対する、有能な補佐あっての成功という論は、ある意味で正しい。秀麗と影月に、有能かつ信頼できる官吏を選んでつけたのは劉輝だ。危地に赴く新米官吏たちへのその措置は、当然だ。けれど実績を上げた以上、これから先はその言葉を封じていかなくては秀麗は前に進めない。一人になった秀麗がどう動き、何を成せるか、守る者のいなくなった秀麗に、誰が、どんな思惑をもって接触してくるのか。今回の謹慎はそれをはかるための措置でもあった。

……それで劉輝の不当な措置も、秀麗の不当な謹慎も、消えるわけではない。

三太の言葉に、何一つ反論しなかった秀麗。

その言葉が正しいと、秀麗はわかっている。

——桜が咲くまで。

たったひと言。白い余白。書かれなかった心。それを思って、……胸が痛んだ。

……待っているから。

そのときがきて、秀麗の心が決まったら、何を言われても受け止める。「紅秀麗」にはその資格があり、「紫劉輝」にはその義務がある。——官吏と王では無理でも。

（秀麗は、私を見てくれるから）

たった一人、秀麗だけは。

瞑目《めいもく》したあと、劉輝はまた筆を取り直し、料紙に向かった。

——翌朝、何気なく仕事にきて、知らず、机案の下で寝ていた劉輝の頭をべしゃっと踏んづけてしまった絳攸は死ぬほど仰天し、起きた劉輝に王の威厳がどうのと怒り、踏まれた劉輝はなぜ被害者の自分が説教されるのかと、頭をさすりつつなんだか理不尽な気分を味わったのだった。

＊　＊　＊

王商家から帰り、邸《やしき》に戻った蘇芳は、その日の夜中、ふらりと庭院《にわ》に出た。手の中でカチャリと鳴るのは、何枚かの金の貨幣。

ぶらぶらと春の夜の庭院をそぞろ歩く。

下級貴族だが、金は中級貴族よりもある彼の家は、邸の他にいくつか離れもある。

蘇芳は少し考えたあと、そのうちの一つに足を向けたのだった。

第四章　最後のカケラ

次の日の午後、秀麗と静蘭は訪ねてきた蘇芳に驚いた。

「タンタン！　きてくれたの！」

帰宅のあと一日を振り返って我に返り、被害者とはいえ初対面の男を街中引っ張り回したことを反省していた秀麗は、さすがに蘇芳がきてくれるとは思っていなかったのだ。

「……そこのおっかない家人が、こなかったらタヌキに呪われますよって言うからさー……」

確かに言ったが、静蘭も本当に来るとは実は思っていなかった。ちなみに、今日も彼はタンタンタヌキ軍団をすべて身につけている。

相も変わらずどこかやる気なさそうに、タラタラとしている。

「とはいっても、さすがの俺もあんたに付き合うのは今日で最後だからな……」

「ありがとう！　じゃ、行きましょう」

「……って、ドコに？」

「工部《こうぶ》の欧陽侍郎《じろう》のお邸」

蘇芳は勿論《もちろん》、同じく行き先を聞いていなかった静蘭も、それは予想外だった。

静蘭は首を傾げた。画《え》の鑑定なら、胡蝶で事足りるはずだが――。

「胡蝶ではだめということですか？」

「うん。ちょっと、確かめたいことがあって。管尚書《かんしょうしょ》と欧陽侍郎の性格からすると、吏部《りぶ》みたいに公休日潰《つぶ》して仕事はしてない気がするのよね。仕事は仕事、休みは休み、ちゃんと区切ってそうだし。一応、文《ふみ》はだしておいたけど、お邸にいてくれるかしら」

蘇芳は長息した。

（……つーかホントどーなってんだよこの女のツテって……）

いくらほとんど登城もしないでブラブラしている蘇芳でも、侍郎が宰相会議にも出る重臣だということくらいは知っている。親分といい、まったくなんなのだこの女は。

そうして今日も今日とて、蘇芳は静蘭に引ったてられるように出かけたのだった。

＊　＊　＊

悠舜との約束通り、劉輝は午前中は真面目に仕事をし、午後さっそく街に降りた。

今日は、丸一日使える。ところが、歌梨という女性の足どりを配下にさぐらせていたはずの楸瑛が、報告書を手におかしな顔をしている。

「どうしたのだ楸瑛、もしかして見失ったか？」

「いえ……昨日同様、かなり派手に街中を駆けずり回ってます。が……」

絳攸の目が据わっている。

「が、なんだ？　今日はどこの書画屋だ。こうなったらどこまでも追ってやる」

「……いや、今日はね……貴陽中の庭師と植木屋に片っ端から突撃かけてるみたいでね……」

その言葉を二人が理解するまで、しばらくかかった。

「……庭師と植木屋……？」

「……そう」

「わけわからんにもほどがあるだろが！　なんで昨日が書画屋で今日が庭師と植木屋なんだ!!」

「そりゃ私が聞きたいよ……どうします、主上？」

「い、行くしかあるまい」

昨日を考えると、今日も一日、歌梨という謎の女性を追っかけることになりそうだ。

「今日は、使えるだけ軒《くるま》、使いましょうね……」

楸瑛の言葉に、学習した劉輝と絳攸は無言で同意したのだった。

＊　＊　＊

一方、金を払って軒を使うという発想がない秀麗は、蘇芳が音《ね》を上げようとも歩いて歩いて歩きまくった。道中、相変わらず秀麗が街の人にとっつかまって話し込んだりするので、三人が欧陽邸に到着したときには、夕方に近い時間になっていた。

「……わぁー。ここが欧陽侍郎のお邸なんだ……」

秀麗はポカンと口を開けて邸宅を見上げた。なんというか、まんま欧陽侍郎の印象を邸の形にしたという感じだ。

「……なんか、ジャラジャラした邸だな……」

ボソッと蘇芳が呟《つぶや》いたが、これには秀麗も静蘭も何も言えなかった。

連なる壁の端を見れば、思っていたより大きくはない。多分邵可邸のほうが広さはある。

「……まあ、確かに、趣味は良いんですけれどね……」

静蘭もそれは認めた。確かに趣味はいい。どこもかしこも完璧《かんぺき》である。龍蓮《りゅうれん》のようにナニかが突き抜けていたりはしない。ただし、可能な限り、あちこちいろいろ彫ったり飾ったりしてあるので、なんだかジャラジャラ感があるのである。とはいえ門からのぞく限り色彩感覚も庭院の造りも絶妙だし、流行《りゅうこう》の先端と伝統の格式を見事に和合させた築造は素晴らしい。欧陽侍郎なら間違いなく『似合ってるからいいんです』とのたまうだろう。事実そのとおりである。

何か言いたいけれど何も言えない――それが欧陽玉なのかもしれない。

「先ほど文を寄こしてくださった、紅秀麗様でいらっしゃいますか?」

突っ立ったままの三人を見かねたように、門番が声をかけてきた。

門番を見た秀麗はぎゃふんと言いそうになった。

(も、門番さんの身《み》ぐるみ剝《は》いだら、我が家の家計半年は浮くわ絶対!)

門番でさえ、上から下まで一分の隙もない身だしなみ。門番がこれならば――。

(休日の……欧陽侍郎の衣って……ど、どんな感じなのかしら……)

秀麗は唾《つば》を飲み込んだ。心の準備をしてくればよかった。

そんな心中などいざしらず、気のよさそうな門番はにっこりと笑った。

「主人より、承っております。どうぞなかへお入り下さい」


――休日の欧陽侍郎は、名門貴族の名に違《たが》わない完璧な格好をしていた。

「まったく、なんですかあなたは。急に文を寄こして」

官服でないぶん、ジャラジャラ感は二割増、それによる豪華絢爛《けんらん》さは五割増であった。

これが、客に見せびらかしているのならただの嫌味だが、彼はまったくいつもどおりであった。これが彼の普段着なのだと思わざるを得ない。たとえていうなら、休日の藍将軍にジャラジャラいろいろくっつけた感じだ。休日、邸《やしき》でくつろごうとするなら装いに手を抜くのが普通なはずだが、彼はまったくその逆らしい。休日こそ本領発揮とばかりに思う存分装っている。

（……し、しかもやっぱりちゃんと似合ってるし……）

見事な貴公子ぶりを遺憾なく発揮している。

「す、すみません欧陽侍郎。せっかくのお休みに、急にお邪魔してしまいまして」

秀麗はぺこぺこと頭を下げた。なぜか秀麗だけ先に通されたので、一対一だった。

「休日に、うら若い女人がいきなり男を訪ねるものではありません」

「す、すみません」

「しかもこんな時刻に……もうそろそろ黄昏時《たそがれどき》ということわかっているんですか」

「すみません！」

「あなたは謹慎中なんですよ。なのにまたぞろ私を何かに巻き込もうとしてますね」

「う……そ、その……巻き込むというわけでは」

「まあ、茶州ではそこそこよくやったと認めるのはやぶさかではありませんが」

「すみま――……え？」

平身低頭で謝りまくっていた秀麗は、顔を上げた。

ツンとそっぽを向いた欧陽侍郎は笑ってこそいなかったが、怒ってもいなかった。

「あなたに根性があることとくらいは、認めましょう。官吏として認めるかどうかはこれからのあなた次第ですが、『気にくわない』と言った前言は撤回しますよ。棚からボタモチ官吏にしては、まあよくやりました」

秀麗はみるみる顔を明るくした。礼を言おうとしたが、それを見越したかのように欧陽侍郎は素早く言葉を継いで言う隙をなくした。

「……で？　ご用件はなんですか」

「画を見てほしいんです」

欧陽侍郎《じろう》の顔から表情が消えた。

「……見せてみなさい」


別室で待たされていた蘇芳と静蘭は、しばらく無言だった。

「……タンタン君」

「……んー」

「どうです。昨日今日とつきあって。お嬢様と結婚したいって思いましたか？」

「いや、全然。むしろ絶対嫁にしたかねー……」

「なんですって？」

静蘭はムッとした。結婚したいと言われればそれはそれで腹も立つが、絶対したくないとは何ごとだ。

蘇芳はどこか遠い目で、ポッッと呟いた。

「……一緒にいると、疲れる。頑張りすぎだろ、あいつ」

「それが何か悪いんですか？」

「悪かないよ。エライと思うよ。けどさ、世の中にはそんなに頑張れない人間もいるワケ」

「君みたいな？」

蘇芳は怒らなかった。適当な仕草で淡々と頷いた。

「そ。なーんであんなに頑張れるかなー……」

「お嬢様に聞いてみればどうですか」

「……そーだなぁ……」

「タンタン君」

「なに」

「君のように初対面で私からこうも本音をボロボロ引き出したひとは久々です」

静蘭は珍しく、腹蔵のない笑みを小さくひらめかせた。

「腹に一物あるひとに、私は決して本音は言いません。言えないように育ちましたからね。まったく君は正直なひとですよ。貴族官吏にしては、ずいぶんと根がまっすぐです」

「……俺が？　まさか。ふつー以下だと思うけど。紅秀麗みたいになんかに必死になったりしないし、長いものには巻かれるし、親の金で遊んでるし、頭悪いし、仕事しないし」

「人として、まともな感性をもっていると言ってるんですよ。長いものに巻かれたり、親の金で遊んでることを『ふつー以下』だと思ってるわけでしょう。なかなかいないんですよ。貴族で、官吏で、あなたの歳まで、そう思ったままでいられるひとは」

「……だから？　別に、偉くもなんともないだろ、そのくらいのこと。結局、俺は何もしないし、何も変えたりしない。俺も世界もなんにも変わらない。ふつー以下のままだ」

「なるほど。君は、『ふつー以上』になりたいんですね？」

初めて、蘇芳の表情が微《かす》かに変わった。

静蘭はそれに気づかないふりをした。

「たとえば、お嬢様のように、とか？」

「……じょーだん。何言っちゃってんの、あんた」

蘇芳は、少し重そうに頭をふった。

「……言ったろ。俺は努力もキライだし、すぐにいろいろ投げだすし、あきらめも超早いし。世の中うまくいかなくても、誰かさんみたいに熱血で立ち向かったりしない。普通でも普通じゃなくても、どーでもいいよ。ゴチャゴチャ頭の中で考えたって、現実の俺は結局、過ぎてくものをただぼーっと見てるだけだし」

「本当に？　そう思ってるんですか？」

「実際そーだもん、俺」

「ふーん。そうですか」

「……なんだよ」

「いいえ、別に。そういえば、行く先々でお嬢様が街の人と話していた件ですけど」

「……なに、いきなり」

「たとえば昨日は金物屋さんの前で、泣いてる女の子と話してたでしょう」

「うん」

「あの女の子のお母さん、このあいだ亡くなったんですよ。産後の肥立ちが悪くて」

「……え」

「そのときお父さんは行商に出ていて不在で、生まれたばかりの弟を抱えてどうしていいかわからなくて、噂をたよりにお嬢様のとこに駆け込んできたんですよ。慌ててお嬢様がご近所のおばちゃ…奥様方と葬儀の手配りをして、赤ちゃんのお世話をかわるがわるして、なんとか落ち着いたんですけどね。で、昨日はあの女の子は、お嬢様にお礼を言いがてら、頼みにきたそうですよ。『お母さんみたいに、お産で亡くなる女の人を減らしてください』って」

「……それ、お礼じゃないじゃん。つかなんでも相談屋じゃないんだぜ官吏ってのは……」

「でも、官吏に言わなかったら誰に言うんですそんなこと。昨日のお嬢様は、贋作《がんさく》の件の他に、きっとお産の上申書も書いたでしょうね」

「……昨日のって、まさか……」

金物屋で秀麗が呟《つぶや》いていた言葉を思いだした。

『やっぱりお鍋《なべ》がちょっと高くなってるわ……。今まで気づかなかったのはウカツだったわ』

その、言葉の意味。

「お嬢様は別に、贋作のために街に出たわけじゃないですよ。茶州から帰ってきてからほとんど毎日、暇を見つけては街に出かけて色々見たり聞いたりして、思ったことを家に帰ってまとめるのが日課になってますから。昨日はたまたま贋作騒動にぶつかっただけです。五日前はどこぞのお金持ちの使用人が泣く泣く訪ねてきて『うちの旦那《だんな》様が我が子のように可愛がっていた羊のミーちゃんが死んだんですが、旦那様は「ミーちゃんは私の娘だ。娘として葬式を挙げる！　ミーちゃんのために立派な着物と飾り立てる宝石と棺桶《かんおけ》を買ってこい」というんです。お願いします、なんとかしてください』なんてやってきて、見事に解決したりしましたよ」

「え、何それ、どうやって解決したの。すっげー気になる」

「あとでお嬢様に聞いたらどうです。まあ、そんな感じで、毎日何かしらやってますから、別に昨日や今日が特別な一日だったわけじゃありません。上申書だって、毎日何かしら書いてますし。タンタン君いわく、『無駄な努力』というものを毎日飽きもせずやってるわけですね」

「……わー、信じらんねぇ……俺には絶対ムリ」

「タンタン君、いいことを教えてあげましょう。『特別な人生』を送りたければ、別に自分が『ふつー以上』にならなくてもいい方法があるんですよ」

「はあ？」

「頑張って考えてみてください。別に難しくないですから」

蘇芳は静蘭を見返した。読めない微笑も、昨日と今日で何だか慣れた。

「……なあ。あんたが三十過ぎって言ったこと、撤回するよ」

「おや、ふっ、いいですよ、快く謝罪を受け入れ――」

「その達観、間違いなく四十超えてるぜ。じじ臭すぎ。どうやって若作りしてんの。秘薬？　てかさ、あんたみたいなのって、カッコつけすぎて本命にはなんにも言えなくて結局そのまま終わるヤツの典型――おっわー！　なんでそう簡単に抜くかなあんた！」

「……タンタン君……いますぐ謝ったら、いいことがありますよ？　命日が今日から五十年も延びるんです。お得でしょう。ね？」

「……いやだ！」

「なんでですか！」

「なんかあんたにいっぺんでも屈したら、この先の人生イロイロ支障がある気がすんだよ！」

「……タンタン君のくせに言うじゃありませんか。いい覚悟してますね」

刃《やいば》のきらめきよりもなお不気味に静蘭の微笑みが閃《ひらめ》く。

秀麗が二人を呼びに来るまで、静蘭は蘇芳をいじめていたのだが、結局蘇芳はなんだかんだいって最後まで謝らなかった。

「……そーいやさ、贋作とニセ金つくったやつって、どんな罰受けんの」

「贋作のほうは、裁き次第ですが、多額の賠償金を払うのは間違いないですね。ニセ金は当然死罪です。これだけは本当に最悪です。一気に社会の景気が落ち込みますから」

「……ふーん、そっか」

蘇芳はそれだけ呟いた。


秀麗は静蘭と蘇芳とともに、回収した贋作《がんさく》をもって欧陽侍郎《じろう》の室へ戻った。

欧陽侍郎は巻物を一つずつ確かめ、おおまかな事情を聞いた。

「……さて、うかがいましょうか。わざわざ私にこれを見せにきた理由はなんです？」

「あ、その、ちょっと、気になったことがあって……」

秀麗は贋作の一つを手に取った。

蘇芳は気のない顔つきで贋作を眺めている。

「……これなんですけど、私、見た記憶があるんです。多分、真筆を」

秀麗が手にした画《え》を見て、欧陽侍郎はすぐに察した。

「……あなたの代の国試及第を祝う朝廷の酒宴で、特別に引き出されたものですね。私も記憶に残っています」

「そうです。あの……お城であのとき私たちが見たものは、真筆、ですよね？」

「……ええ」

無表情の欧陽侍郎に、秀麗はどう探りを入れようか迷い、外堀から埋めることにした。

「確か、あの年の国試及第者のために特別に描かれたもので、あのあとは翰林院図画局《かんりんいんとがきょく》秘蔵になるので、模本の予定もないって、言って……ましたよね？」

画を見ていた蘇芳が、ふと顔を上げた。

欧陽侍郎はまったく表情を変えずに淡々と肯定した。

「……そのとおりです」

「それって、おかしくないですか。じゃあ、この贋作を描けるのって――」

「秀麗殿、言いたいことはわかりました」

欧陽侍郎は秀麗の言葉を遮った。

「……まったく、あなたはしょうがない人ですねぇ。とりあえず、ここまでにしておきなさい」

「え」

「一人で調べるのはここまでです。この件の裏に官吏が関わってるかもしれないということは、御史台《ぎょしだい》が動いてる可能性が高いんです」

「御史台――」

官吏の不正を調べ、処分を執行できる独自の権限さえもつ独立監査府。秀麗が侍僮《じどう》として中央府を行き来していたときも、御史台だけは決して入れなかった。

「知らなかったとはいえ、これ以上あなたが深入りすると、彼らへの越権行為になりかねません。今の御史台は若手貴族の大官登竜門みたいなところがありましてね。まあ、……やたら矜持《きょうじ》の高い官吏が多いんです。睨《にら》まれないにこしたことはありません。特に今の御史台長官は――」

いつも冷静な欧陽侍郎が、珍しく眉間《みけん》に皺《しわ》を寄せた。

「……少々、容赦のないかたですからね。上申書の証拠そろえには、これで充分でしょう」

秀麗の目が泳いでいるのを目敏くとらえた欧陽侍郎は、嫌な予感がした。

「……あなた、まだ何か考えてることがあるとかいうんじゃないでしょうね」

「……あ、のー。もしかしたら、この贋作を売ってる人、欧陽侍郎に協力していただければ、うまくすればつかまえられるかも、という策を考えたんですけど」

「考えなくていいんです！　それは御史台や紫州府の仕事です！　ていうかあなたいま謹慎中なこと、ちゃんとわかってますか⁉」

「……ですよねー。でもなるべく早く御用になったほうがいいじゃないですか。餌をまいて釣れなかったらそれはそれで。試してみるだけで。こう、私が考えたとかじゃなくて、欧陽侍郎かタンタンが考えたことにすればいいですし」

「……はぁ⁉　俺⁉」

欧陽侍郎は『タンタン』に目を向けた。

「タンタン！　うまくすればここで一発大逆転狙えるわよ！　お父様のお金も返ってくるし！」

蘇芳はいつものようにゴネたり文句を言ったりしなかった。

「……あんたさー、お節介だよな」

「う」

「……そーだな。ま、いーよ。俺の名前使っても」

欧陽侍郎は苦虫を噛《か》みつぶしたような顔をした。

「……仕方ないですねぇ。ただし、この贋作、ちょっと預からせてください。気になることがあるので」

「あ、もともとそのつもりできたので、お願いします。うちだと保管にイロイロ問題が……万一雨とか降られたら雨漏りするので……」

「……雨漏り……ってあなた……」

静蘭と秀麗不在の間、邵可は——考えてみればまったく当然のことだったが——邸《やしき》の修理など、まったく思いもしなかったようだ。一度は霄太師からもらった金五百両で最低限の補修をした（むろん静蘭が）邸だったが、夏の大風でまたどこか吹き飛んだらしい。おかげで二人が帰って初めて雨が降った時、以前と同じように桶《おけ》をもって走り回るハメになった。

静蘭がどこぞから瓦《かわら》をかっぱらってきて、仕事のない日にちょこちょこ修理をしていたが、まだ全面補修にはほど遠い。こんな状態で画なんぞまかり間違っても持ち帰れない。

「あ、それと、この巾着《きんちゃく》もお願いします」

そうして秀麗は『策』を話したあと、贋作《がんさく》と贋金《にせがね》を置いて、静蘭と蘇芳の三人で欧陽邸をあとにした。


秀麗が帰ったあと、欧陽侍郎は贋作の筆蹟《て》をよくよく見た。

眦《まなじり》が、徐々につりあがる。

……この筆蹟は、やはり――。

そのとき、別室の扉が音もなくひらき、男が一人、顔をのぞかせた。

「……玉くん、無理を言って申し訳なかったね。休ませてくれてありがとう。ずっとあちこち捜し回っていたので、さすがに疲れてしまって……。いると思っていた場所が、ことごとく当てがはずれて……珀明くんも、忙しいってきいたから、無理は言えなくて……」

欧陽侍郎はサッと礼をとった。それは主家に対する昔ながらの臣下の礼だった。

「いえ――とんでもありません。ところでお捜しのあのかたの居場所ですが――」

欧陽侍郎が示すより先に、男のほうが画に気づいて飛びついた。

「あ――っっ！　こっ、こっ、この！　画の筆蹟《て》は!!」

「……やはり……？」

「な、なんでこんなモノが出回って――いや、じゃあ、歌梨はどこに!?」

欧陽侍郎は表情を暗くした。御史台は、決して無能ではない。

「……もうすぐ、見つかるとは、思うのですが……」

「ななななんてことだ！　せっかく珀明くんが朝廷で頑張っているのに――あの子に迷惑が!!」

そのときだった。

室にもう一人、少年が飛び込んできた。門番の叫び声からするとどうやら振り切ってきたらしい。

「……迷惑が……なんですって？　義兄《にい》さん」

「わぁっ！　は、珀明く――……あれ、なんか、見ない間に、ずいぶんやつれたね……」

「……ええまあ仕事が忙しくて」

さすがに昨日今日と鬼のように頑張ったことを先輩も認めてくれ、ようやく帰宅を許されたのだ。が、心優しい義兄《あに》に、吏部《りぶ》のことを話して心を痛めさせるようなことはしなかった。

帰宅がかなった珀明だったが、門番から妙な男が訪ねてきたときくや否や、そのまま軒《くるま》を回して、欧陽玉の邸にきたのだった。自分の邸でなければ、次に可能性が高いのはここだからだ。

　珀明は門家筋の欧陽玉に改めて不作法をわびた。

「……それより義兄さんだけここにいるということは……」

「あ、あのね、珀明くん、君に余計な心配はさせたくなくってね。だからね、内緒にね」

「義兄さん……お心は嬉《うれ》しいんですけど……」

　珀明は並べられた贋作を横目で素早く鑑定するなり、一つをわしづかんだ。

　碧珀明は、芸才はともかく鑑定に関しては碧家屈指の『目』の持ち主だった。

「――なんですかこれは⁉　何があったんです‼　歌梨姉さんはどこです⁉」

「ぼ、ぼくもいま初めて知ったんだよ――――っっっ！　ぼくが貴陽にきたのだって、ここ最近だったし、もうふた月くらい歌梨さんを捜すことしかしてなくて、全然書画屋とかにも行ってなくてもう何が何だかぼくにもサッパリ」

　欧陽玉はおもむろに近くの鉦《かね》をカーンと鳴らした。

「はい、落ち着いてくださいお二人とも」

　二人はピタリと口を閉ざした。

「さて、贋作対策と歌梨様捜索、どちらを優先させますか」

　男は迷わなかった。

「――贋作に決まっている。歌梨さんより先だ。知ったからには今すぐ手を打つ」

　珀明と欧陽玉は頭をたれて拝命した。いつも歌梨に振り回されている義兄だが――いざという時の決断力と、その誇り高さを珀明は心から尊敬している。

「私は頼まれごともありまして、今から朝廷に行かなくてはなりませんが……」

欧陽玉の視線を受けて、珀明はひきとった。

「わかってます。義兄さんと一緒に、僕も贋作流通を止めるほうに回ります。歌梨姉さんはそのあとで捜しましょう。——碧一族ですからね」

第五章　逆転の構図

　邵可邸に戻った秀麗は蘇芳を夕飯に誘ったが、蘇芳は首を振って断った。

「……あのさー、上中書、書くんだろ？」

「ええ。できれば今日中に書き上げようとは思ってるけれど？」

「あ、そ。……そーだ、やるよこれ。やっぱうちにあったわ」

　蘇芳が投げたのを反射的に受け取ると、それは小さな巾着だった。なかには、金の貨幣と、なぜか耳飾りの銀のタヌキが片方だけ入っている。

「ショーコってやつ。あったらイイモノなんだろ」

「ありがとう。でも銀のタヌキも入ってるわよ？」

「それ、もってて。あとでとりにくるかも」

「はぁ？」

　秀麗が訊《き》き返すまもなく、蘇芳は近くの軒《くるま》をつかまえて行ってしまった。

＊　＊　＊

――その晩、邵可と静蘭と三人で夕餉《ゆうげ》を終えたあと、静蘭は瓦の葺《ふ》き替《か》えのため、屋根に登っていった。せっかくの公休日も秀麗の付き添いで休むこともままならず、ついに夜まで静蘭に屋根修理をさせるハメになってしまった。しかし今やらないと大雨の季節になる。

(羽《う》林軍《りんぐん》の精鋭武官に屋根修理させてるのって……うちくらいよね……ごめんね静蘭……)

トンカンと微《かす》かに聞こえてくる音を聞きながら、秀麗はトホホな気分で食器を洗い終えた。邵可はまだ居間にいて、……父茶を淹《い》れてくれていた。

「……う、あ、ありがと、父様」

「どういたしまして」

トンカンと、どこかのどかな槌音《つちおと》を聞きながら、秀麗はここ数日に起きた出来事を思い返した。茶州からずっと……考えてきたことがある。ずっと、父に言おうと思っていたことがある。けれど秀麗の悪い癖で、こういった問題に関してはどうも先送りにしがちで。でも三太や、蘇芳の一件で、決めた。避けられない時期にきているのなら、心を決めて、父に言わなくては。

もう、二度と、後回しにして、後悔することだけはしないと、決めた。

秀麗はぺたんと卓子に頰を付けてうつぶせた。

その言葉を告げるために、秀麗は深呼吸しようとして――少し、失敗した。

「……父様……」

「うん？」

「あのね、茶州でね、葉医師《ようせんせい》に、ね、聞いたことが……あって、ね……」

とぎれとぎれの言葉になる。邵可の表情が変わった。

秀麗は、うつぶせたまま、前にある湯呑《ゆの》みを見つめた。戯れに、かつん、と指で弾く。

……そのあとの言葉が、どうしてもつづかなくて。

もう一度勇気を出そうとしたら、湯呑みを弾く指を、父がそっと握りしめた。

「……わかった。言わなくていいよ。わかったから」

本当に父が察した上でそう言ったことが、わかった。秀麗の目尻《めじり》から、どうしてか涙がこぼれた。一度こぼれると、次々とこぼれた……泣くつもりなんて、まったくなかったのに。

それでも、不思議に声だけはしっかりしていた。

「あのね、父様……」

「うん」

「いつかね、静蘭も、この家を出て行くと思うの」

「うん」

「そしたらね、二人きりでも、いい？」

父の指を、しっかりと握りかえす。それでも、小さな震えはやまなかった。

「ずっと、二人きりでも、いい？」

邵可は、優しく微笑んだ。そして、つかまれてる手とは反対の指で、そっと秀麗の髪を梳《す》く。

「……君がいてくれさえすれば、それだけで私は幸せだよ。他に、何も望まない」

秀麗の目から、いっそう涙があふれた。優しい言葉に溺《おぼ》れるように目をつむる。

「…………ありがと、父様……。ごめんね……」

「どうして？　謝る必要なんて何もないよ」

頭を撫《な》でてくれる手が、嬉しくて。

──決めた、ことがある。茶州からの帰路……帰ってからも、ずっと考えていた。

葉医師の言葉。三太の言葉。蘇芳の言葉。……劉輝の言葉。

「私、誰とも結婚はしないわ」

わかってはいたけれど、かつての妻と同じ言葉を告げた娘に、邵可はまるで、昔に戻ったような気がした。

……その理由も、邵可には手に取るようによくわかった。

邵可は愛する女性にその言葉を撤回させるのに死ぬほどやっきになったものだが、秀麗に対するその役目は、邵可のものではない。

邵可が秀麗にあげる言葉は、ひとつきり。心からのその言葉を、もう一度、邵可は囁《ささや》いた。

「いいよ。私は君さえいてくれればそれでいい」

ホッとしたように、秀麗は微笑んだ。そうして目を閉じる。

「ずっと二人きりね、父様。もし静蘭がいなくなってもやってけるように、屋根の修理くらいは覚えてね？」

「そんなの、簡単だよ」

やろうと思えば朝飯前だ。邵可は本音でそう言ったが、娘はまったく信じなかった。

「嘘ばっかり。屋根に登れるかもあやしいのに。……ね、父様」

「なんだい」

「……あんまり早く、私を置いていかないでね？」

呟《つぶや》くような祈りの言葉に、邵可はもう一度、秀麗の頭を撫でた。

「それは、私の台詞《せりふ》だよ」

＊　　＊　　＊

その晩もまた、秀麗は遅くまで文机《ふづくえ》に向かった。

だいぶ夜も更けた頃、一段落しようと仰向き――窓からさしこむいっぱいの月と星明かりに気づいた。窓を開けてみて、秀麗は思いついた。

料紙と文箱を抱えて、庭先に向かう。――やっぱり、外のほうが明るい。

庭先に引っ張り出した小さな卓子に、料紙と文箱を置く。椅子に腰を下ろす前に、いつものように劉輝のくれた桜の木に向かう。庭院《にわ》に出るたび、もう癖になってしまった。

秀麗は蕾《つぼみ》を探し――ハッとした。

近寄り、目の錯覚でないことを確かめる。

「――……」

梢《こずえ》までも、嬉《うれ》しそうに風に揺れて、音を奏でた。

みっつきりついていた、小さな桜の蕾。ようやく――。

「……咲いた……」

「……あれ、なんで君、庭院にいるわけ」

突如聞こえた沓音《くつおと》と蘇芳の呑気《のんき》な声に、秀麗はぎょっとした。

「え!? た、タンタン!? なんでいるの!?」

「……だってさー、君んち、門番いないじゃん。用があったら勝手に入ってくるしかないだろ。崩れた塀よじのぼってくるの、疲れたぜ……つか塀修理しろよ。裾《すそ》ギザギザになったぞ」

「……そういう問題じゃないでしょ」

「耳飾り、とりに戻ってくるかもってちゃんと言ったじゃん」

「夜中に戻ってくるとは普通思わないわよ……」

蘇芳は庭院に出ている卓子の方に目をやった。

「……まだ書いてんの」

「そう。贋作《がんさく》の件だけじゃないし」

秀麗が卓子に着くと、蘇芳はそばの地面にじかに座り込んだ。

「待ってて。椅子をもう一脚……」

「……いーって。長居するつもり、ないし。仕事してろよ。勝手に話してるし」

何か話があってきたらしい。

秀麗は遠慮なく墨をすり始めた。

「……やーっぱさー。どう考えても君、全っ然俺の好みじゃないんだよね」

「……あ、あのねぇ。喧嘩《けんか》売りにきたの、タンタン」

「だから、親父のゆーこと、今回は聞かないことにするわ」

秀麗は墨をするのに集中することにした。

「君さー、ほんと頑張りすぎ。イイ子ちゃんすぎ。鼻につくくらいやんなるってかさ」

「………………」

「夢なんてさー、他人にとっちゃ、迷惑でしかないじゃん。だって叶《かな》わないのを叶えるのが夢だろ？　自分のワガママで絶対何か踏みつけてるワケだし。あんたを心配してた、あの三太？ってやつとかさ。他にもいるんじゃないの。誰か、そーゆーやつ。そんでも君はさー、上しか見ないってガンバッテるみたいだけど。それってどーなの？偉くないよね、全然」

「……も、本っ気で喧嘩売りにきたと考えていーのね？タンタン」

「君んとこの家人が、なんか聞きたいことあるなら直接訊《き》けってゆーからさ」

蘇芳は足を投げ出しながら、まんまるの月を物憂げに見上げた。

「……なーんでそんなに一人で頑張っちゃってるの？頑張るのって疲れるじゃん。それが報われなかったら、なんのために頑張ったのかもわかんないし。あの三太ってヤツの言葉、正しいと思うんだけど。朝廷にいたって、ズンドコドンドコガケップチばっかでさ、なんだってしがみついてるの。なんでそんなに官吏やりたがってるわけ」

秀麗はしばらくして、答えた。

「……同じこと、言われたことあるわ。三太に言われるまで、忘れてたけど」

「……ん？」

「国試を受けるって決めたとき。二年前の夏……そこの小さい桜、植えたときなんだけど」

遠い遠い記憶にさえ思える、夏。

絳攸から、告げられたこと。

「国試に受かったって、絶対ロクな目に遭わないけど、それでも受けるかって。受かったあとも、誰も手は差し伸べない、お前は一人きりだって、何度も言われたわ。何度もしょげたりしたけど、考えてみれば、ちゃんと忠告されてたことが現実になっただけのことだったのよね。……ね、タンタン、忠告された時、その時の私は、それでもいいって思って、受けたのよ」

キラキラと、月光で墨が輝いた。まるで、七夕の夜昊《よぞら》のようだと、思った。一つきりなら、願いを叶えてもらえるかもしれない、特別な夜。

十六歳の夏まで、秀麗が毎年七夕で願っていたのは、たった一つの願いごと。

「……手に入らないと思ってたのが手に入ると、欲が出るのよね。昔の自分を、忘れたりするのよ。どんなに一生懸命に願っていたか。つらいことばっかり、見えたり考えちゃったりするし。昔の私が見たら、そこにいるだけで幸せに決まってるのに。忘れちゃうの。それでも官吏になりたいって思ったときの心。だから何度も何度も振り返って、確かめるの」

「……何を？」

「官吏になって良かったって思うこと。傍目には散々に見えるかもしれないけど、探せばたくさんあるのよ、これでも。ま、落ち込んでるときは忘れがちなんだけどねー……」

十八歳の今年、自分は、何を願っているのだろう。

蘇芳はこれみよがしな溜息をついた。

「……そーゆーとこ、イイ子ちゃんすぎー」

「前向きって言って。だってやってらんないわよ、そんくらい前向きに考えないと。後ろ向きに考えれば果てしなく底なし沼にハマるんだから。強がりでも言ってなきゃ本っ気で立ち直れなくなるわよ。タンタンの言う通りありえないズンドコドンドコガケップチだったんだから」

「そんでもさー、官吏がいいって思っちゃってるわけね」

「……別に、幸せになりたくないわけじゃないのよ？　ただね、官吏じゃなきゃ、手に入らない、ものがあるの」

官吏になって、たった一年。

落ちこむこともたくさんあったけれど。

それ以上に、憧れてやまない多くの官吏を、見てきた。朝廷でも、茶州でも。

その眼差しの先を、追いかけて。いつか、並び立てるような、官吏になれたらと。

彼らに、少しでも近づいて、認められたら。

もう一度、誰かがシュウランと同じ言葉を言ってくれたら。

それはきっと、人生で最高の瞬間になるだろうと、わかってしまっているから。

それは、官吏でなければ叶わない一瞬。

「……ねぇタンタン、頑張るのって、確かに疲れるわ。ここだけの話、私だって疲れてるときは炊事洗濯に手抜きもするし、『あーもうイヤ！』ってときはふて寝決め込むわよ。でもね、起きて少し元気になったら、また頑張ろっかなーって、現金に思っちゃうわけ。

なんでかってね、あるのよね。何もかも吹っ飛んで、心に直接ドン、って何かが降ってきて。人生悔いなし！　って心底思えるとき。いつまたそんなときがくるかわからないけど、その一瞬のために、やっぱりもう少し……もう少しだけ、頑張ってみようかなって、性懲りもなく思うのかも」

「……だから手柄立てて、出世したいって、思ってるわけ？」

「手柄はわかんないけど、出世はね、できるだけしたいわ」

「……なんで？」

「他の人よりズルしてるぶん、頑張らないでどうするのよ。……それに、あとを、追いかけてきてくれる子が、できたの」

いつか、官吏になるから待っててと、告げた声が耳に蘇《よみがえ》る。

「約束、したの。あの子が上がってきたとき、胸を張って会いたいわけよ。できれば偉くなってたいじゃないの。『フフフ、私も負けてないわよ』ってえばりたいワケよ」

絳攸が、秀麗に示したように。

「ここにいるから、頑張りなさいって、手を伸ばせたら、最高にカッコいいじゃない」

「……そんだけかよ？」

「そんだけ。それで充分じゃないの。どんな答え期待してたのよ」

「もちっと優等生の答えが返ってくるかと思った。……言わせてもらえば、君、多分あんま出世できないと思うけど。出る杭《くい》打たれっぱなしみたいな人生じゃないの、きっと」

「どーしてタンタンはそう悲観的なの。人生何があるかわかんないわよ」

「……君は楽観的すぎ」

蘇芳が見上げた昊《そら》には、誰かがばらまいたように星くずが散らばっていた。

まるで、雨になって、降ってきそうなほど、キラキラしていて。

「……あんたはさー、きっと自分の正義を信じてるんだろうな」

「信じたいとは思ってるわ」

「善意とか、優しさとか、頑張れば報われるとか、綺麗《きれい》なことたくさん、信じちゃってるだろ。何があっても、お天道様見て歩こうとかって思ってるだろ」

「口だけでも、理想も綺麗事も、言えなくなるのは悲しいわ。いつかいいことがあるって、一人で勝手に信じるくらいいいじゃないの。うつむくと、それだけでしょんぼりするから なるべく顔を上げようとは思うわ。強がりでもなんでも、言ったら現実になるかもしれないし」

蘇芳はまた溜息をついた。

「……あーやだやだ。君って全っ然好みじゃないわ」

「ああそーですか。私もタヌキつきで川に流された男に求婚されたのは初めてだったわよ」

「あんたといるとさー、ほんっとすっげー疲れそう。精気吸い取られそうっつーか」

「なんって失礼なこと言うのタンタンは。そういうことは胸にそっとしまっておいてよ」

「……君さー、怒ったじゃん。団子食ってるとき。それまでは得体がしれなかったけど」

「得体がしれ……ね、ねぇ、タンタン絶対口から先に生まれてきたでしょ……」

蘇芳はあぐらをかくと、膝《ひざ》をつかって頬杖《ほおづえ》をついた。

「あんときさ、……よーやく君が、ふつーに見えたよ」

できすぎのイイ子ちゃんは、ただ強がってるだけだったのだ。

一度立ち止まったら、もう前に進めないギリギリのところを、きっとずっと走ってきたから、止まるのが怖くて、突っ走っているだけなのかもしれないと、思った。別に、疲れたらあきらめりゃいーじゃんとか、蘇芳は思うのだが。きっとこの女は違うのだろう。それは、まだ蘇芳にはわからないことだけれど。

「……俺さー、君の言うことがホントかどーかは、わっかんねーけど。世の中そんなに甘くねーと思うし。俺みたいに、すーぐあきらめたり、『も、いっかなぁ』なーんて思っちゃう人間には、サッパリ理解しがたいし、一緒にいると惨めになるし、ひきずり回されるし、疲れるし、お節介だし」

「…………」

「でもさ、君、一度も俺に『なんであんたは頑張らないの』って、言わなかったよな」

「……。……そ、そう？　だったかしら？」

「そ。だからさ、そこだけは『ふーん』って思ったわけ。いっぺんでも言われたらさすがの温厚な俺様もあらカッチーンてきてたと思うけど。ほっとけよ、ってさ」

蘇芳は音もなく立ち上がった。

「でも、君は言わなかったから。……久々に家から出て、外の空気も吸えたし？　お礼、してやるよ」

「は？　お礼？」

「俺さ、母親に言われたことで、一つだけ記憶に残ってることがあんの。『どんな人生生きてもいいけど、本当に頑張ってる人の邪魔だけはしちゃダメ』みたいなこと。……そんくらいなら、まあ、俺にもできそーだから」

「？？？　タンタン、全然話が見えないんだけど」

「一緒にくれば、わかるって。君一人だけ連れ出すと、あのおっかない家人に殴られそーだから、あの男も一緒に連れてこいよ。……でさー、道々、聞きたいことがあんだけど」

蘇芳は真顔になった。

「羊のミーちゃんのお葬式、どうやってとりやめさせたわけ。すげー気になんだけど」

「……静蘭……タンタンにはイロイロ話すのね……」

＊　　＊　　＊

時は少しさかのぼる。

歌梨を追いかけていた劉輝たちは晩方、ようやくある庭師に辿《たど》り着いた。

晩ご飯時にいきなり見知らぬ珍客が駆け込んできても、呑気《のんき》な庭師夫婦は怒らなかった。

「え？　ちょっとヘンな美人？　あーきたきた。ついさっき。なんかな、画《え》をだしてきて『あなた、この画に描いてある庭院《にわ》と同じ場所を知っていて!?』って訊いてきてなー」

ここまでは今まで訪ねた庭師と同じ話だった。

歌梨という女は、誰かが描いた画そっくりの庭院を、なぜか捜しているらしいのだ。

「あーあるあるって、答えたら、場所聞いてスッ飛んでったよ。さっき」

「ある!?」

「だっておれが丹精こめて世話してる庭院だもん。そりゃあ知ってるさー」

庭師は親切に場所を教えてくれた。

――その邸《やしき》の門前に劉輝たちが軒《くるま》を乗り付けたとき、門扉はピタリと閉じて、どうしてか門番も居なかった。

月の明るい夜であった。提灯《ちょうちん》がなくとも、辺りをくまなく月光が照らしていた。

人の気配を感じて劉輝たちがハッと視線をやれば、少し離れたところで一人の女が塀をよじ登っていた。

……あまりにもあやしすぎる光景である。

男ならちょっと頑張れば登れないこともない高さだが、女には高すぎて、のぼっては途中で指をすべらせ、べちゃっと落っこちていた。

やがて女は癇癪《かんしゃく》を起こした。

「何ですのこの塀！　わたくしの行く手を阻もうなんて無礼千万だわ!!　許し難くってよ！」

声をかけようとした劉輝たちは躊躇《ためら》った。後ろ姿から、よもやと思っていたが——。

「……あー……絳攸の予言が当たったね……」

やはり、昨日大男の股間《こかん》に跳び蹴《げ》りを食らわせていたあの女が歌梨だったらしい……。

また懲りずに塀をよじ登ろうとした女だったが、下手な落ち方をして、今度は尻《しり》ではなく頭から転がり落ちた。

すかさず楸瑛が駆けつけて抱き留めたが、女は目を開けて楸瑛を認めた瞬間、礼を言うどころか「ぎゃ！」と叫んで逃げるように飛びのいた。

劉輝と絳攸に気づくと、さらに血相を変えた。

「いやー！　なんですの、むさくるしい男が三人も！　最悪ですわ!!　なんてツイてないのかしら！　しっしっ。用がなければとっととお行きなさい！　見せ物じゃなくってよ！」

しっしっと追い払われた劉輝たちは何を言われたのか、理解できなかった。人生において、おのおの『むさくるしい』という形容詞を使われたことは未だかつてない。

女嫌いの絳攸は他の二人より立ち直りが早かった。

「なんだこの女はー！」

「この女ですって⁉　猿以下ですわあなた！　男なんてただでさえ頭も口も悪い上に横柄でゴツイしむさいし怒鳴るしすぐ汚くなるし拳《こぶし》の語り合いだとかいって殴り合うお馬鹿な生き物かつ潤いも何もありゃしない史上最低の低能動物のくせに、外面さえ取り繕えなくなったらもう終わりですことよ！　いいこと、初対面の女性を『この女』呼ばわりする男と連れ添った奥様を『おいお前』なんて呼ぶ男は生きてる価値なしというのがわたくしの持論ですわ！」

立て板に水の如し。絳攸は呆然《ぼうぜん》とした。……あまりにひどいことを言われすぎて、何から反論していいかさえわからない。

楸瑛は頰を引きつらせた。

「……こ、胡蝶が言ってた『男にはキビシイ』って……こういうことだったのかな……」

「き、厳しすぎる……」

しかしここでしょんぼり引き返すわけにはいかない。おそるおそる劉輝はたずねた。

「その……おたずねするが、歌梨というのはあなたか？」

警戒するように女――歌梨の顔色がサッと変わった。

「……わたくし、いまたいへん取り込んでおりますの。あとになさってちょうだい」

ひとんちの塀をよじのぼっていたのに、歌梨は胸を張って堂々とそんなことを言った。

劉輝は慌てた。昨日今日でもよくわからない苦労を相当したのに、ここで逃したらまたいつ会えるかわからない。

「すぐすむ。碧幽谷の居場所を知りたいだけなのだ。何か知っていたら、教えてほしい」

歌梨からすべての表情がかき消えた。

「……どこのどちらさまでいらして？」

劉輝は迷った。正式に名前と身分を名乗るべきだろうか――。

そのとき、カラカラと背後で軒が止まった。

振り返ると、軒から降りたのは秀麗と静蘭だった。

劉輝は呆気《あっけ》にとられた。

秀麗と静蘭もポカンと口を開けた。

「……なんでここに？」

両方一緒に呟《つぶや》いたあと、あとから軒を降りた蘇芳が、門前に並ぶ面々を見比べた。

「……なんだぁ？　こんな大勢で、うちに何か用？」

その言葉に、歌梨は大きくわなないたあと、蘇芳に突進し、そして。

言葉にならない気持ちがあふれるように、ボロボロと大粒の涙をこぼした。

＊　　　＊　　　＊

秀麗と静蘭は思わぬ光景に動揺した。

「……え、もしかしてタンタンのお母さん……とか？　でも若すぎるわよ、ね」

「どー見ても俺と同じ歳くらいだろ！　おふくろは他に男つくってとっくに出てったよ」

サラリと言われた言葉に、秀麗は何と言っていいかわからなかった。

蘇芳はどうして歌梨が泣いているのかわかったらしく、頭をかいた。

「……えーと、歌梨……さん、だっけ？　あんたが捜してるの、うちにいるよ。ちゃんと案内して返すからさー、泣くなよ」

歌梨は泣きながら、ただ頷《うなず》いた。

蘇芳は静蘭を振り返った。

「なぁ。あんたさー、腕に自信ある？」

「まあ、それなりには」

「じゃあ、顔だけじゃないってとこ、おじょーさまに見せてあげられるかもだぜ」

劉輝たちはぞぉっとした。静蘭になんてことを！

静蘭は、なんとなく蘇芳の様子が違う気がして、眉根《まゆね》を寄せた。

「タンタン君……？」

「あ、そーいやさー、わかったぜ。どーして金物屋気にしてたのか。塩はわかんなかったけど。あれさ、ニセ金に使われる銅がどっかに流れてて、だから金物にまわされる銅が少なくなって、銅鍋《どうなべ》とかの値段が上がっちゃってるってことだろ？　でも上がりかたがゆるいし、上がり始めたのがひと月くらい前なら、まだニセ金の流通は少ないはず、っていう。当たり？」

これには劉輝たちも過敏に反応した。

さすがに秀麗も蘇芳の様子がおかしいことに気がついた。

……嫌な、予感がした。少し考えればわかるのに、考えたくなかった。

『……あんたはさー、きっと自分の正義を信じてるんだろうな』

さっき交わした会話が、別の意味を持って跳ね返ってきそうな気がした。

「タンタン……お礼、って、なに？」

「見てのお楽しみ」

蘇芳だけはいかにも気楽な足取りのまま、門の脇の小さな扉の鍵《かぎ》を開けて中に入った。

蘇芳が案内した先に、小さな離れがあった。

真夜中だというのに、窓からは灯りがもれている。

「おねーさんが捜してるのは、あそこにいるよ。庭院で俺が寝てると、たまーに出てきたから」

駆け出そうとした歌梨を劉輝がおさえる。

「タンタンとやら……あそこの扉の前に突っ立ってる男は、殴っていいのか？」

「いいよ。今はさ、見張りはあの男しかいないから。あれ転がしたら中に入れ――」

その言葉と同時に、楸瑛と静蘭が風のように飛び出し、男が声を上げるまもなく殴って縛りあげて蹴《け》り飛ばして転がした。錠は剣でぶった斬った。あまりの手際の良さに、蘇芳は口を開けた。

「……なに、いつもこんな押し込み強盗みたいなコトやってたりすんの？　ナニモノ？」

「タ、タンタン殿……世の中にはあまり知らなくても良いこともあるのだ」

『押し込み強盗みたい』な二人のうち一人が自分の兄で、一人が自分付きの近衛《このえ》将軍とはどうしても言えない劉輝であった。

その劉輝の腕をふりほどいて、歌梨が駆ける。

後を追って、離れになだれこんだ秀麗たちが目にしたのは。

うずたかく積まれた画《え》と、何十本もの筆、むせるような墨と顔料の匂いに囲まれて、描きかけの画の前で絵筆をもつ――まだ五、六歳ほどの、幼い男の子だった。

少年は歌梨を認め――そして、みるみるうちに涙をいっぱいにためた。

「……母上!!」

＊　　＊　　＊

歌梨はまっすぐに少年に駆け寄って、抱きしめた。

「――万里《ばんり》！」

「お、お、遅いよ母上ぇえええ。あれだけわかるようにさんざん描いてたのに、どうしてこんなに迎えに来るのが遅いの！」

「書画屋なんて、ここ何ヶ月も行ってなくてよ！　珀明の邸《やしき》に行くというから、わたくしも安心してたのに――昨日初めて画を見て仰天してよ!!」

「母上のばか！　どうせ妓楼《ギロウ》で女の子と遊んでたんだ！　僕のことなんて忘れてたんだ！」

「仕事とおっしゃい!!　こもって集中していたらいつのまにかふた月も経っていたのよ！」

「それを忘れてるってゆーんだぁ！　母上ひどい！」

劉輝と楸瑛は、真筆と贋作《がんさく》の入り交じる室《へや》を見渡し、慄然《りつぜん》とした。

「……これ、まさか、あの小さな子が全部描いたのか……？」

――ものすごい才能だった。

鳥肌が立った。なまじ二人とも造詣《ぞうけい》が深いため、その神懸かり的な才能に身震いした。

「どうしてこんなところに閉じこめられるようなことになったの!?」

万里と呼ばれた少年は、えぐえぐとしゃくりあげた。

「珀明叔父上《おじうえ》のお邸まで歩いてたら、道の途中で、好きなだけ、画の勉強させてくれるって、おじさんにいわれて。ついてったら、見たことない昔の凄《すご》い画がたくさんあったから、夢中で模写して描いてたの。だって、いくら頑張っても母上にぜんぜん追いつけないんだもん。母上、女の子が好きで、僕、男だから、画がうまくならないと、ダメだもん。父上みたいにいつか置いてかれちゃうもん」

　歌梨はぎょっとした。

「なっ、なにを言うの！　別に置いてったわけじゃなくってよ。あの唐変木がわたくしを追いかけるのが毎度毎度遅すぎるのが悪いの！　わたくしに対する愛が足りないのよ！」

「父上、母上たくさん愛してるもん。それでも母上は置いていくでしょ。僕、大きくなって母上に嫌われる前に、画、頑張りたかったの。……ううん、ほんとは違う」

　万里は、描きかけの画を手に取った。吸い込まれるように、幼い顔が画師に変貌《へんぼう》する。

「……母上みたいに、画を、描きたかったんだ。母上のような画を——ううん、僕は、僕だけの、僕しか描けない、画を、描きたいって、思ったんだ。でも、まだすごいへたくそだし、母上はなんにも教えてくれないし、だから——ここに、ついてきちゃったんだ。でも……」

　しょんぼりと万里は肩を落とした。

「……僕、模写のつもりで描いてたのに……それ、本物だって売ってるの、知って……でも、描かないと何されるかわかんなかったから、途中から、ちょっとずつ、僕の筆蹟《て》をいれてって、母上とか父上とか珀明叔父上とか、気づいてくれるといいなって、思って頑張ったり、この家の庭院《にわ》を僕の筆蹟《て》で描いて売ってもらったりとかもしたのに、なんか、高く売れなかったとかで、結局三、四枚くらいで終わっちゃって……待てど暮らせど誰もこないし……」

劉輝たちはハッとした。

歌梨が片っ端から贋作を当たっていたのは、息子が描いた画に、何か手がかりがないか捜していたからだったのだ。そうして、きっと昨日、どこかで見つけたのだ。おそらく、この庭院を描いたという息子の『真筆』を――。

「……だから、『庭師と植木屋』だったのか……」

絳攸はやっと合点がいった。息子の真筆こそが最大の手がかりだと踏んだ歌梨は、画そっくりの庭院のある邸を捜して、怒濤《どとう》のように庭師と植木屋に突撃をかけ――見事に一日でつきとめた。

手がかりを捜して貴陽を駆けずり回り、夜中になってもあきらめずに塀をよじのぼって息子を助けようとした。ポロポロと涙をこぼしたあのときの表情《かお》――。

どうにもこうにもいろいろ難アリの女性のようだが、息子と（置いてきぼりにしたという）父親を心から愛しているのは、間違いないようだ。……多分。

「……主上、この会話からすると――」

「ああ……間違いない。まさかと思ったが、幽谷は――」

そのとき、周りを見ていた秀麗は、あるものを見つけて息を呑んだ。

「……劉輝……これ……」

差し出されたものを見て、劉輝は顔色を変えた。それは貨幣鋳造の際、最後に押して正規の貨幣であることを示す、紫紋《しもん》の極印。偽造貨幣は、主にこの意匠で真贋《しんがん》を判断する。

——その極印は、素人ならまず見抜けないほどの出来だった。

その極印を見た歌梨は、察して蒼白《そうはく》になった。

「……万里、まさか、あなた、あの極印、彫った、の……？」

事態がよくわかっていない万里は、不穏な空気を感じつつも、正直に頷いた。

「え、う、うん……気分転換に、たまには、彫り物も、したらって、言われたから。母上、彫り物も上手だし、僕もちょっと、やってみてもいいかな、って、思って……。ためしに、この模様、彫ってみたらって……だから、何枚か……一番いいのはどこかにもってかれて……」

絳攸は呻《うめ》いた。贋作づくりはともかく——。

こればかりは、いくら子供で、何もわかってないといえど、言い逃れは、きかない。

「……なんて、ことだ……！」

——贋金鋳造《にせがねちゅうぞう》に関わった者は、誰であろうと、すべからく死罪。

凍りついた空気を破ったのは、歌梨の静かな声だった。

「……贋作づくりも、この偽造極印をつくったのも、碧幽谷ですわ」

歌梨は劉輝を見た。

「全部、碧幽谷が、したことです、主上。なにとぞそのようにお取り計らいくださいまひとまず珀明の邸に預けるから、父様が迎えに来たら、それからは父様と一緒にいなさい」

「……万里、よくって？　わたくし、これからあなたを置いて長い旅に出ることにしたわ。

「え、母上、幽谷って、僕じゃなくて母上の雅号《ガゴウ》……」

せ」

つん、と冷たくそっぽを向いた母親に、万里の幼い顔がくしゃくしゃに歪《ゆが》んだ。

「な、なんでぇ……？　僕が、わるい人にさらわれちゃったから、怒ったの？　ごめんなさい、ごめんなさい。置いてかないで。もうしないから。なんでもするから、一緒にいさせて母上」

幼い泣き声に、劉輝はぐらりと頭の奥が揺れた。

置いて、いかないで――……。

遥かな彼方《かなた》から、声がする。

目の前がチカチカ点滅する。脂汗が流れ落ちる。

そのとき、誰かが手を握ってくれた。両手それぞれに、一人ずつ。

急速に、視界がひらける。呼吸が楽になる。

一度、それぞれの手を握りかえしてから、劉輝は自ら手を離した。……深呼吸をする。

「……大丈夫だ、離れ離れになることはない」

歌梨が万里を背にかばった。

　劉輝は、偽造極印を手に取った。

「……これは、試作品だったのだ。そうだな、幽谷殿？」

「……え？」

「余はそろそろ、偽造のしにくい新意匠の極印をつくりたいと思って、天下に名高い碧幽谷を捜していた。碧幽谷はもっぱら画《え》に注目が集まりがちだが、彫り物の才も画にひけをとらぬ腕前だ。余は碧幽谷に、貨幣の新意匠の依頼をし、そなたはそれを受けて、制作を開始した。これはその手ならしだった。そうだな、碧幽谷殿？」

　幽谷――歌梨の目が、驚いたように瞠《みは》られた。

「……あなた……」

「……そなたを捜し回っていたのは、本当にそのためだったのだ。贋金が大々的に製造される前に、新貨幣切り替えの公布をしたかった。ゆえに銅の動きを逐一全商連で調べてもらい、相手が大量生産に移る時期を見張ってもらっていた。まだ猶予があるうちは、こっそり事を運ぼうと思っていたのだが……そなたに彫り物の依頼をすれば、勘のいい者が気づく恐れがあった。だから、表向きは肖像画の依頼ということにして、新貨幣に使用する極印の意匠の依頼をしようと思って、捜していたのだ。少々順番が狂ったが――どうだろうか？」

　歌梨は紅《あか》い唇で、嘆息した。

「……引き受けざるをえないわね……いいえ、素直にお礼を言うわ。ありがとう」

「母上ぇ……置いてかないで……僕、母上とずっと一緒にいたい」

えぐえぐ泣きじゃくる息子を、歌梨は優しく慰めるどころか、じーっと観察した。

「……面白い顔だわ。あとで描いてあげてよ。子供って、見ていて飽きないから不思議ね」

万里は絶句すると、泣くのをやめて怒り出した。

「ひどいよ母上！ いつだって僕より仕事が大事なんだ！ 僕までネタにするんだ！」

「ホーホホホ、わたくしにとって画を描くことは生きることそのものだもの。当然だわ！」

ひどい、とその場の誰もが心の中で思った。

「……でも、息子さん、泣きやんだわ」

秀麗の呟《つぶや》きに、劉輝はハッとした。……確かにそうだ。ぷんぷん怒っている少年を見れば、もうさっき母親に置いていかれそうになったことも忘れているだろう。

「万里、これからしばらく一緒にお仕事するわよ。よくって？」

「え、母上と一緒に？」

「ええ。でも、容赦しなくってよ。他の彫り師や画師のほうが上手だったら、あなたのは当然採用なんてしなくってよ。ポイよ、ポイ」

この言葉には、万里は怒らなかった。

「いいよ。望むところだよ。母上とお仕事するのは僕だよ。じつりょくで頑張るもん」

絳攸は感嘆した。

「……驚いたな、あの年で、もう一人前の自覚ができてるぞ……」

歌梨は懐から、一枚の画を取り出した。それは、万里が描いた『真筆』。

「万里、あなたはこれから、もうひとつの名前をもちなさい。その資格をもったわ」

万里は歓声を上げた。

「雅号、くれるの母上!?」

「わたくしが谷だから、あなたは山でいいわね。碧幽山《ゆうざん》にしましょう」

「……母上……本当になんも考えないでつけたでしょ……」

「雅号なんてどうでもよくってよ。それとも川のほうがよくって？」

「ううん、僕、他にずっと考えてた雅号があるんだ。それがいい」

万里がその雅号を言おうとしたときだった。

「――な、なんだ、この騒《ひげ》ぎは!?」

＊　＊　＊

くるんと丸まった短い髭《ひげ》を生やし、豪華な綿入れを羽織った男が、戸口で立ち竦《すく》んでいた。

「あー、親父」

それまでただ事態を眺めていた蘇芳が、呑気《のんき》な声でそう言った。

「す、す、蘇芳！　なんだこれは！」

劉輝と絳攸はその口髭《くちひげ》の男を知っていた。

「親父のささやかな金儲《かねもう》けが、バレちゃったってこと。出入りしてた画商も、今頃工部侍《こうぶじ》郎《ろう》さんの邸《やしき》でとっつかまってると思うよ。俺が夕方帰ったとき、この子供が描き上げたばかりの贋作《がんさく》借りて、『なんか工部侍郎がこの画ほしがってるらしい』って画商に言ったら、喜び勇んで工部侍郎の邸に贋作もっていったから。まだ帰ってないってことは、捕まってると思うんだよねー」

秀麗は愕然《がくぜん》とした。それと似たようなことを、秀麗はさっき欧陽侍郎に頼んだ。けれど、秀麗が提案したのはもっと不確かな——『翰林院図画局《かんりんいんとがきょく》所蔵の画と目録を照合して、もし紛失画があったら、それが次の贋作として出てくる可能性が高い。欧陽侍郎がそれを欲しいという噂を流したら、画商の方から訪ねてくるかもしれない。そしたらとっつかまえてください』という、ある意味賭《か》けに近いものだった。

秀麗は、自分が何を言ったのかに気づいて、全身に冷や水を浴びたような心地がした。

欧陽侍郎に、秀麗があの提案をしたとき、蘇芳はどう思って聞いていたのだろう。

『タンタン！　うまくすればここで一発大逆転狙えるわよ！　お父様のお金も戻ってくるし！』

『……そーだな。ま、いーよ。俺の名前使っても』

秀麗のあの言葉を、彼はどう思い、どんな気持ちで、答えたのだろう。

──彼の父を、犯罪者としてつかまえる、提案を。

膝《ひざ》が震えた。

「タ、タンタン……」

「ん？　ああ、気づいたのは贋作ちゃんと見たとき。親父、俺に似てマヌケだからさー、あの真筆、得意げに邸に飾ってたわけ。君、言ったじゃん。贋作の真筆もってるのが、いちばんあやしいってさ。あーあって思ったわけ」

「タンタン！」

「ちなみに、親父って、こないだまで翰林院図画局にいたんだよね。クビになったのも、長官が退官した後、秘蔵の画を紛失したからってことだったんだけどさー、今から思えば、家に持って帰って贋作描かせてたんだよなー、きっと。買い取ったのでコソコソやってれば、見つからなかったのに、欲かいちゃうからこーなるんだよなー。まあ、日がな一日邸でゴロゴロしてたのに全っ然気づかなかった俺も俺だけどさ」

秀麗の耳に、蘇芳の声が響く。

『……あんたはさー、きっと自分の正義を信じてるんだろうな』

どんな思いで、彼は。

「蘇芳！　お、お、おまえ──」

「これが礼だよ、紅秀麗。願いどおり、これでもう贋作は出回らなくなるぜ。上申書のかわりに、この件の詳細書いて朝廷に出せば、謹慎処分もちょっとは早くとけるかもだぜ」

「――タンタン！」

「……でもなー、ニセ金の件は親父、マジで知らなかったと思うんだよな……親父、肝が小さいから、そこまではやれないと思うんだけどなー……贋作でコソコソ稼ぐならまだしも、見つかったら死罪なんだろ？　ちょっとなー……」

秀麗はあえいだ。――死罪。

「に、に、ニセ金!?　なんだそれは!?　私はそんなの知らないぞ！」

まだ何が起こっているか理解しきれてない榛淵西《えんさい》も、死罪とニセ金という単語はかろうじて耳にひっかかったらしい。猛然と首を振るその様子は、確かに本当に知らないように見える。

けれど、実際に邸内で偽造極印が見つかった以上、すべては言い訳としか判断されない。同じ邸にいた、彼の息子である蘇芳も、知らないではすまされない。

「あ、それとさ、確か御史台《ぎょしだい》の官吏なら、その場でとっつかまえられるんだよな？」

蘇芳は秀麗を見たが、真っ青なまま何も言えないでいるのを見て、静蘭に首《こうべ》を巡らした。

「……そう、ですが……」

「……だよな？　物知りでおっかない家人さん」

「俺の記憶が確かなら、今の俺の所属って、確か御史台だったと思うんだけど、役に立つ？」

秀麗は今度こそ、言葉を失った。

秀麗が蘇芳をむりやり引っ張り回して、付き合わせた結果が、これだ。

「ちょ……っと、待ってよ……なに……私……」

秀麗は思わず劉輝や絳攸を振り返り——激しい自己嫌悪に陥った。

この邸で贋作がつくられていたことも、偽造極印があったことも、紛れもない事実だ。

これは、完全な犯罪だ。

なんとかできるかなんて、口が裂けても言えるわけがない。

「紅秀麗、あんたさー、自分の正義を信じたいって、言ったよな？」

秀麗は震えた。

「俺はさ、そーゆーこと、もう考えなくなって、結構経つんだ。むかーし昔はさ、あんたほどじゃなくても、ちょっぴりは、考えたこともあったかな。中書省《ちゅうしょしょう》って、あるじゃん？　王様の秘書やるとこ。親父に初めて買ってもらった官位がそこでさ。超下っ端だけど」

劉輝は、ふっと顔を上げた。

「王様の秘書が仕事なのに、次の王様になりそうな、それぞれの公子にへつらうのが仕事みたいなもんだったな。そのころの俺は、俺なりに、頑張っちゃってたんだけど、ちょっと何か言えば、不思議なことにそのたびにどんどん官位が下がってくわけよ。俺ってさー、昔から、あんまり考えない性格でさ。おっかしーなー、仕事ちゃんとしてるのになー、なんでだろ？　なーんてマジで首傾げてる間に、あれっと思ったときには、貴陽からも追い出されてた。地方左遷てやつね。そのおかげで、最悪な時に巻き込まれなくてすんだってのも、あるんだけどさ」

劉輝はどきりとした。その『公子たち』のなかに、彼も入っていたのだ。

蘇芳は、震えている父を、少し哀れみの目で見つめた。

「親父はさ、親父なりに、俺のこと心配してくれてさ。金ばらまいて、なんとか貴陽に戻れるように段取り整えて、官位もまた買ってくれたわけ。そのころの俺は、もう今の俺。出仕する気にもなんなくて。ゴロゴロしてたら、またこれが何ごともなく時が過ぎるわけだよ。誰も何も言ってこないし、何ごともなく朝廷も毎日も動いてさ。あーらら、俺ってば、ほんと別にこの世に必要ない人間だったんだなーって、再認識しちゃったわけ。でも、まーいっかってさ。もうなんか考えることも頑張ることも疲れてた。流されて生きるわ俺って思ったわけよ」

蘇芳は小刻みに震えつづける秀麗に向き直った。

「あんたに言ったこと、全部本音だし、別にあんたのなんかが俺を変えたわけでもないよ？　二日でなんも変わらないって。でもさー、途中でちょっと賭《かけ》をしたんだよね」

「……か、賭？」

「そ。イイ子ちゃんでなんか頑張っちゃってる君なら、なにも頑張ってない俺に、『なんで頑張らないの』って言うと思ったんだよね、絶対。でもなかなか言わない。そのうち

『アレ、もしかして犯人、うちの親父かよ？』って思ったときさ、もし最後まで言わなかったら、教えてやろうかな、って勝手に賭をしたわけ。で、マジで言わないままだったから。それだけ」

「そ、それだけ、って」

「それだけだよ。別に君が何もしなくても、どーせ俺も親父も、利用されて一緒くたに切り捨てられる結果は同じだったと思うし。あんたに求婚しろってどっかのエライ人から言われたってとき、親父は素直に金と爵位〜！　って喜んでたけどさー、俺は『あーなんかヤバそう』って思ったもん。だから、適当に取り繕って帰ろーと思ったわけ」

　秀麗はまったく頭が回らない。

「八家とか、名実ともにユルギナイ大官とかならともかくさ。反感買ってる君と下手に結婚したら、普通の貴族には負要素だろ。結婚しても、君が退官しなかったら？　金と爵位どころか、君ともども切り捨てられるのは目に見えてるだろ。どっかのエライ人は、切り捨てても支障はない一家として、わざわざ俺を選んだわけだ。まー出仕してないから、ツテもないし、絶好の存在だよな……」

　やれやれと、蘇芳は首を振った。

「そんで、贋作《がんさく》と、ニセ金だろ。もう出来すぎ。贋作にしてもさ、親父、すーぐ乗せられやすいから、誰かの口車に乗って隠《かく》れ蓑《みの》に利用されたって考えるほうがしっくりくるんだよな。なんつーか、その『どっかのエライ人』はホント徹底的にうちを利用するだけ利用して金集めてポイだぜって熱意ビシバシ感じられて、ここまできたらもう負けたよ、ってカンジ？」

「……そ、こまでわかってて、どうして求婚にきたのよ！」

「わかってないっつーの。『ヤバそう』ってただの勘だもん。俺そんなに頭よくねーの。行かなけりゃ行かないで、結局役立たずの烙印《らくいん》押されて切り捨てられるんだろーなってボンヤリ思ったし。あとはやっぱ、母親のあの言葉があったからかなー……」

最後のひと言は、小さすぎて秀麗の耳には届かなかった。

「だから、これは俺が勝手に幕を引いただけ。どーせ遅かれ早かれだったろ？」

絳攸と劉輝が目を見交わす。

「……どう思う、絳攸。なんとかなると思うか？」

「そうだな……。彼が御史台にまだ連絡してないのなら、主上の権限で独自確保して、本当の背後関係を明らかに出来れば、罪が軽くなる可能性は——」

その会話を小耳にはさんだ秀麗は、希望をこめて微《かす》かに顔を上げた。

「……んーと、それ、多分、無駄だと思うよ？　だってさー」

他ならぬ蘇芳がそう呟《つぶや》いたとき。

いきなり塀の外に何台もの軒《くるま》が乗り付ける音がしたかと思うと、門から大勢の武吏《ぶり》がなだれ込んできた。

半数が母屋に突入し、半数はまっすぐ劉輝たちのいる離れへ駆けてくる。

王たる劉輝の姿を見て、武吏たちは驚いたように礼をとる。絳攸は叱責した。

「――何ごとだこれは！」

「はっ、御史台より命がくだり、捕縛権が発動されました。贋作製造及び贋金《にせがね》鋳造の罪により、榛淵西及び榛蘇芳の身柄をすみやかに拘束せよとのことです」

絳攸が厳しい目で蘇芳を顧みた。

「お前が連絡を取ったのか⁉」

「……違うって。あのなー、俺、今日まで贋作の件もニセ金の件も知らなかったって言ったじゃん。この件を調べてたっていう監察御史が俺なわけないだろ。だいたい日がな一日ゴロゴロして出仕してないのに、こんな大仕事くるかよ」

「失礼します。――命により、賠償金の一部として、押収させていただきます」

武官は無遠慮に蘇芳の耳・腕・指から銀のタヌキを抜き取り、さらに服の下の白金の首飾りまで迷わず探り当てた。これには蘇芳も目を点にした。

「？　なんで知って――あ！　もしかして、あのあやしい露天商《ろてんしよう》が監察御史だったのかよ⁉」

静蘭は舌を巻いた。――そうか！

「押収で賠償に当てられる財産が直前までなるべく減らないように、タンタン君にわざと高額の宝飾類を売りつけて、現金を宝飾にかえて身につけさせたわけか……！」

蘇芳はかなり無造作にくっつけていたが、金のタヌキの置物を含めて、どれも純度の高い、相当高価な品だ。邸《やしき》を始め、売りにくさを考慮してさまざま価値が差し引かれることを考えれば、あのタヌキ軍団だけで没収家産の三割には当たるかもしれない。

――あまりにも、用意周到すぎる。担当した官吏は相当な能吏だ。

「欧陽侍郎《じろう》の邸にて、画商及び贋作、また、王商家が代金としてつかまされていた贋金もすべて確保いたしました。碧家のご協力により、近日中に残りの贋作はすべて回収される予定です。また『真筆』の代金として贋金をつかまされたと見られる顧客からの贋金の回収も、現在までに九割終えております。贋金を鋳造していた場所も既につきとめ、工員ら全員の身柄を確保してあります。ただ、実際に使われていた偽造極印は、まだ発見されておりません」

秀麗は違和感を覚えた。……なに？

「また、碧歌梨さま及び碧万里さまは被害者として手厚く保護せよとの命にございます」

……どうして……？

「……どうして、そんなことまで、知ってるの……？」

碧歌梨や碧万里がここにいることは勿論《もちろん》、名前でさえ、秀麗たちはさっき知った。

何もかも、すべてを監視下に置いて随時見張り、とっくに見通していたかのように。

劉輝や絳攸も、さすがに顔色をなくした。……聞いてはいたが……。

まるで折り紙でもするかのように、すべてを簡単に折りたたみ、一気に整然と片付けていくこの手際の良さ。情報収集能力。事後処理を見こした上での完璧《かんぺき》な事前対処法――。

「まさか、これほどとは思わなかった……」

「……これが、今の御史台《ぎょしだい》か」

長官をのぞいて、他はほとんど謎に包まれている監査機関――。

秀麗のことを逐一見張り、彼女が証拠をそろえて上申書をしたためて奏上するだろう直前を見極めて、すべての手柄を横からかっさらった。秀麗が首を突っ込んで煙たく思うどころか、それさえも捜査に利用したとしか思えない。彼らが欧陽邸で押収した、羅干親分のもとで保管されていた贋作などは、いかな監察御史とて、あきらめざるをえない類の証拠品だ。

「さあこい」

武官が呆《ほう》けている榛淵西をひったたせ、蘇芳にも縄がかけられる。

「――ま、待って！　罪の、重さは――」

武官はどうして無関係の女性がここにいるのか不審そうだったが、丁寧に答えた。

「贋金鋳造に関わった者は、死罪と決まっておりますので……」

きっぱりとした宣言に、秀麗は絶句した。

……蘇芳は、本当に、何も知らなかったと、思う。

贋作のことも、贋金のことも。彼は何も関与していない。なのに。

どこかにいる『誰か』に全部押しつけられて切り捨てられようとしてる。

おかしいはずなのに、誰もおかしいとはいわない。

――すべての価値が、逆転する場所。

「……な、言ったろ、紅秀麗。世の中さ、そんなに甘くねーって」

蘇芳の口調は、この期に及んでもかわらなかった。

「君はさ、自分の正義を信じてればいい。でも、あんまり甘いと、たまにこーゆー事態に遭遇するってことくらい、覚えておけば、あとでなんかの役に立つかもよ?」

それが揶揄《やゆ》だったのか、素直な忠告だったのか、秀麗にはわからなかった。

『ショーコってやつ。あればイイモノなんだろ』

秀麗にわかることは、自己満足で付き合わせた結果、彼を、父親を逮捕するためのあらゆる証拠そろえに引きずりまわし、蘇芳は気付かないでいたはずのことに気付き、そして彼の手で、父親と彼自身の幕を引かせるきっかけに自分がなったということだ。

秀麗が出世したいといい、せっせとしたためた上申書は、彼の父親を踏み台にしたものだった。秀麗が何もしなくても、この結果は同じだったかもしれない。けれど。

秀麗が何も知らずにしゃべったすべての言葉を、彼は、どんな思いで聞いていたのだろう。

「罪は罪、君ならきっと、そーゆーんだろな、紅秀麗。でも今の君、なんかふつーに見える」

蘇芳は笑った。秀麗はぼんやりとその声を聞いた。これが彼の笑顔を見た最初なのだと気づくのに、秀麗はしばらくかかった。

「じゃーな」

そうして、彼は武官に囲まれて去っていった。

秀麗は呆然《ぼうぜん》とその場に立ちつくした。

第六章　甘さと正義

劉輝は柴凜の報告を受けていた。そばには悠舜と、絳攸と楸瑛がいる。

もともと贋金と碧幽谷来訪の情報は柴凜から回ってきたものだった。

「……やはり……凜殿のところにもあの晩、監察御史がきたのか」

「ええ。秀麗殿に頼まれて、作成していた書翰《しょかん》を全部もっていきました。秀麗殿の考えたことで使えそうなものは全部横取りする気で先手を打ってきたという感じです」

秀麗が柴凜に頼んだのは、贋作《がんさく》に使用された料紙・顔料・墨・筆など、近頃やたら買い占めているような顧客の情報があったら、教えてほしいというものだった。もともと秀麗が問屋を回っていたのは、そういった情報をつかむためだった。

あれだけの贋作を短期間に描くなら、それらの消費量は半端ではない。描かれた贋作の中には、滅多に手に入らない高価な顔料を使ったものも含まれている。秀麗は、『画商』を探すのではなく、『贋作』のほうから手がかりをつかもうとした。なんの権限ももたない秀麗ができることは、ツテを使ってそんなふうに外堀を埋めていくことだけだ。限られたなかで、彼女は最大限に頭と足を使って、使える情報を集めた。

そのすべてを、御史台は残らずかっさらっていった。

「多分、御史台のほうもそんなことはとっくにやってたと思うんですが……まさしく水も漏らさぬ勢いで家捜ししていきましたよ」

「わかった。ありがとう」

柴凜は頷《うなず》いて、悠舜と少しだけ目を見交わし、退室した。

「……金が消えたな……」

絳攸が険しい顔のまま、呟《つぶや》いた。

――贋作・贋金《にせがね》で『誰か』が大量にかきあつめていたはずの大金は、どこかに消えてなくなっていた。その件に関しては榛親子はまったく知らず、欧陽侍郎の邸でつかまえた画商も、尋問直前に『急死』。口を割らせることはできなくなった。

また、実際に鋳造に使われていた一番出来のいい偽造極印も、ついに見つからなかった。背後で榛親子を徹底的に利用していた『誰か』は、画商の口封じをして、大金とともに闇にひそんだ。

「まあいい。わからないことを考えても仕方ない。出てくるときにはまた出てくるだろう。碧珀明がずっと待っているのだろう？　入れてあげてくれ」

＊　＊　＊

（……あー……何日たったのかなー）

蘇芳は真っ暗な牢屋《ろうや》で寝て起きてを繰り返し、ぼんやりとそう思った。

（……俺、なーんか珍しいことしちゃったなー……なんでだろ？）

いまだに、よくわからない。とりあえずタンタンタヌキ軍団お守りの効果はなかった。

（……いーや。寝よ寝よ……）

また図太く寝ようとした蘇芳は、けたたましい足音に目を開けた。

「……なんだぁ？」

暗い牢に、サッと灯りがさしこむ。それを手にした誰かが、格子をつかむのが見えた。

「タンタン!! 死んでない!?」

顔は見えなかったが、その声と呼び名に、蘇芳は啞然《あぜん》とした。

「……な、何してんだあんたー！」

そうしているうちに鍵《かぎ》が外されたかと思うと、最初に静蘭が入ってきた。

「……もしかして牢破り？」

「んなわけないでしょう。正々堂々と手続きを踏み倒し——踏んできたんですよ。お嬢様が、とりあえず君の無罪を立証しようと奔走しまして。父君はともかく、君のほうは状況証拠しかなかったですからね。贋金は連座の適用外ですし。釈放ですよ。よかったですね　タンタン君」

静蘭は笑みを閃《ひらめ》かせた。

「お嬢様を甘く見ないでください。呆然としてたのは一刻くらいでしょうかね。贋作同様、速攻で動き回りはじめましたから、早かったでしょう？　ツテ総動員しましたから。お嬢様に求婚したのは、君の人生最大の幸運でしたね。お嬢様と会わなかったら、間違いなく死罪でしたよ」

「タンタン〜〜〜！　あんたねぇぇぇえ!!」

「いででで!!」

秀麗は蘇芳に突進すると、伸びた無精髭《ぶしょうひげ》をひっぱった。蠟燭《ろうそく》の火灯《ひあか》りが床でゆらゆらする。

「ふざけんじゃないわよあんた！　何もしてないくせになんだってひと言も弁解しないのよこのバカ！　タヌキ！　タンタン!!『やってません』くらい言いなさいよ！　やる気ないのもほどがあるってのよ！　おかげで釈放に時間かかったじゃないの!!」

「いてー！　無罪ってなぁ……」

「だってほんとに何も知らなかったんでしょう？　底抜けタンタンが気づくはずないわ」

「……まあ、確かに知らなかったけどさー。でも親父のしたことだからなー……」

「わけわかんない言い訳シナイ!!　孝行なら別のとこでしてちょうだい!!」

「……何、別のとこって？」

静蘭がひきとった。

「君は確かに御史台《ぎょしだい》の官吏としての地位は剝奪《はくだつ》されましたが、お嬢様と同じ冗官《じょうかん》にはかろうじて残れたんですよ。で、ですね、父君が処刑される前に、君が何かイッパツ大手柄でも立ててたら、それに免じて恩赦が出て減刑される可能性はあります」

蘇芳は目を点にした。……冗官で、大手柄？

「……あームリムリ～。超むり。絶対無理」

「なんだってそんなにあきらめ早いのタンタンはー！　男を見せてみなさいよ!!」

「……男ねぇ……」

おもむろに下帯をほどきはじめた蘇芳の脳天に、静蘭が闇を利用して肘鉄《ひじてつ》をくらわせた。

「……タンタン君、お嬢様にヘンなモノを見せたら、即死させますよ、即死。奥歯ガタガタ言わせますよ。だいたい君、見せられるほど自信があるんですか？」

「……だっ、だんだん凶悪になってくなあんた……」

肘鉄の痛さにしゃがみこんだ蘇芳は、そのまま床に尻《しり》をついた。

「……あんたさー、ほんっと甘いなー。まーたこれで余計煙たがられるんじゃないの」

「言ってる意味ぜんぜんわかんないわ。そんなの無実の人の命と引き換えになるほど、たいしたもんじゃないじゃないの」

蘇芳はいつかの晩のようにあぐらに頰杖《ほおづえ》をついて秀麗を見上げる。火灯りがゆれる。

「もし俺がさー、ホントにカンヨしてたら、どーしてた？」

秀麗は正直に答えた。

「……そのときになってみないと、わからないわ。お墓に花は供えに行ったとは思うけど」

「ふーん」

秀麗には、その『ふーん』がどんな意味をもっているのかわからなかった。

頭をさすりながら、蘇芳は立ち上がった。

「しょーもない親父だけど、親父には違いないからなー。絶対ムリだろうけど、まあ、ちょっとくらいなら前向きになってみてもいいかも」

「タンタンそっくりのお父様よね」

「そォ。マヌケで、肝が小さくて、利用されてるのにも気づかないんだよなー。もしかして親父、贋作の件もよくわかってなかったんじゃねーのかなって、牢屋《ここ》の中にいるとき、思ったりした」

「え？」

「親父さー、すごい嬉《うれ》しそうに、画《え》を飾ってたわけ。ホクホクと。偉くなるから、芸術を理解できるようにならないとー、とか言ってさー。あれマジだったのかも。大貴族って、新人囲って育てるじゃん？　そんな感覚でさ。売買にしても、模写なら罪にならないだろ。親父、ほんとマヌケだから、画商が模写売ってるって信じ込んでてお小遣いのたし感覚だったんじゃねーかなぁって。今頃、膝《ひざ》でも抱えてしくしく泣いてるだろな……」

でも、と蘇芳は秀麗をみおろした。

「親父が、翰林院《かんりんいん》で書画をちょろまかしてたのは本当だし、いくつかは知ってて贋作描かせてたと思う。ちょこちょこ小さな悪事やって金稼いでたし。やっぱ、それは事実なんだよなー」

「……お父様を利用したりしない人のそばにいれば、よかったのにね」

秀麗の言葉に、蘇芳は腑《ふ》に落ちた顔をして、ああ、と静蘭を見た。

「わかった。あんたが言ってた『ふつー以上』の人生の送り方」

「ほう」

「そりゃさー、自分がふつーでも、『ふつーじゃない』やつのそばにいれば、否応なく巻き込まれて波瀾万丈《はらんばんじょう》な人生だよな。うわー最悪。絶対こんな女嫁にしねー」

「タンタン……あなたの書いた超独創的な恋文《こいぶみ》、さらしものにするわよ！」

静蘭が吹きだした。

「思いださせないで下さいお嬢様！　冒頭を思い出すだけでもお腹が……」

「見せたなあんた！」

「家族だもの。おかげで大爆笑の楽しい一夜を過ごさせてもらったわ。永久保存よ」

「なんて女なんだ！　人が牢屋にいるってのに！」

「あ、そういえばタンタン、自分のお邸《やしき》に戻れるわよ」

「え？」

「賠償はね、碧家がいくらか肩代わりを申し出てくれたのよ。で、お邸だけは返してもらえたから。あの子……万里くんがね、頑張ったのよ。時々万里くんと遊んであげてたんですって、タンタン？」

「……遊んだっつーか、そこらでゴロゴロしてたら、庭院《にわ》で画描いてたあの子供がよく泣きにきたんだよ。母上がいないーとかって。……そーいや似顔絵も描いてもらったりしたな」

静蘭が邪《よこしま》な表情を浮かべた。

「それは、いずれ相当の値がつくかも知れませんよ」

「まあ、しばらくは邸でのんびりしてたら？　寂しくなったら遊びにくればいいわよ」

「そうですね。万里くんの似顔絵を宿賃にくれたら歓迎いたしますよ」

（オニだこいつ……）

しかし紅秀麗はやっぱり気づかない。

「ほら、タンタンと一緒だと、静蘭も冗談なんか言えるくらいおしゃべりになるし」

その言葉こそが冗談に聞こえる。

「やだよ。どーせまた引っ張り回されておっかない家人にタケノコ投げつけられるんだ」

「ええ？　何言ってるの。静蘭はそんなことしないわよ。ねぇ？」

「もちろんです、お嬢様。何か悲しい誤解があるようですね」

(……ああ……長いものに巻かれちゃったぜ俺……)

蘇芳がさすがに何か言おうとした瞬間、静蘭から殺気を感じて、口をつぐんだ。

「……あのさー」

タンタン、現実の厳しさを知る青く切ない春の日。

＊　＊　＊

「姉たちがご迷惑をおかけして、大変申し訳ありませんでした！」

珀明は入室と同時に、深々と頭を下げた。

「官位剝奪も覚悟しております。どんな処分も甘んじて受けます」

劉輝は頭《かぶり》を振った。

「いや、今回の件で碧家には事後処理で骨を折ってもらった。むしろ礼を言う」

「とんでもありません。事前に察知できなかった碧家に全面的に非があります」

「それにしても、幽谷殿が女性だとは思わなかった」

うっと珀明が頰を引きつらせた。

「……あの……姉が……何か……失礼なことを言いませんでしたか……？」

劉輝も絳攸も楸瑛もそれぞれ目を逸らした。そしてそれに関しては何も語らなかった。

珀明は冷や汗を流した。

（い、言ったな姉さん……!!）

だから嫌だったのだ！　その才能に反比例するように性格に難アリの、幽谷の名声と碧家の名誉をなんとか守るために、徹底的な情報規制をしてきたというのに、すべておじゃんだ。

女の子が大好きで、妓楼《ぎろう》で仕事するのが大好きで、いつも他愛ないことで優しい義兄《あに》に怒って、機嫌を損ねるとすぐ息子をつれてぶっちぎって好きなとこに行ってしまう碧歌梨。あの姉を任せられるのは、後にも先にも義兄しかいない。というか、旦那《だんな》になってくれただけで、碧家は滂沱《ぼうだ》と涙を流して義兄に感謝した。そんな日はこないと思っていたのに。

「そういえば、絳攸から、幽谷が次期当主になる可能性があると聞いていたが……？」

「ああ、そうなんです。女性なので、今までは当然外れてきたんですが……同期の紅秀麗が、官吏になったことが、碧家にも少なからぬ影響を及ぼしまして……」

それは珀明にとっても大きな出来事だった。

「なら、幽谷が次期当主でも構わないんじゃないかという、話が出始めておりまして。勿論《もちろん》、代替わりをするとしても、何十年も先の話ですし、何より画を描くために生まれてきたような姉が、当主業なんてこなすつもりなど毛頭ないのは、誰の目にも明らかなんですが……」

一族の頭痛の種なのは間違いないが――。

「……夢を、見たくなるんだと、思います。姉は、人の形をした、碧家の宝です」

珀明自身、姉の目に世界はどんなふうに映っているのだろうと、画を見るたびに思う。千年の才。

すべての雑事など、何もかも霧消するほど、惹《ひ》かれる。

「彼女を生んだのは碧家だと、自慢したくなるから、当主にと、思ってしまうんでしょう。頂点に立つ者は最高に優れた人間であってほしいと、思うのが人情ですから。……うちの場合、その秤《はかり》がやたら芸才に傾くんで、幽谷にとかいう案が出るわけですが……実際、義兄《あに》ならともかく、姉が当主になったら、とんだことになるのは目に見えてますし」

「う、うむ、そ、そうだな……」

劉輝など、彼女が当主朝賀にくると思っただけで胃が痛い。ひどいことを言われそうだ。

「ただ、そういう議論が出たことは、評価しているんです。今までは、本当に考えもしなかった話ですから。いつか碧家でも、女性が堂々と、女名で雅号を名乗れる日も、遠くないかもしれません。……押しつけられた男名の雅号に、姉は本当に怒っていましたから」

いくら才能があっても、女名では誰も認めない——そう言われたときの姉の顔を、珀明は今でも覚えている。眦《まなじり》をつりあげ、凄絶《せいぜつ》な瞋恚《しんい》に瞳《ひとみ》を染めて——誇り高いあの姉が、泣いた。

幽谷の名で描くことを承知するまで、一切絵筆は握らせないと長老たちに言われ、何もない室《へや》に閉じこめられた。指一本動かせないように、食事や排泄《はいせつ》のときでも手足を縛られた。

一ヶ月、姉は抵抗した。

今の義兄が歌梨を助けにくるまで。そうして何も描けずにほとんど狂いかけていた姉に、義兄が泣いて折れてくれと懇願した。なんでもすると義兄が約束するのと引き換えに、姉はついに、幽谷の名を受け入れることに頷《うなず》き、屈した。

出てきた姉の画《え》は、それまでとはまるで変わっていた。

寝食を忘れて、描きつづけた膨大な画、神がかったその才能に、一族中が戦慄《せんりつ》した。

一ヶ月もの間、何も描けずに閉じこめられ、手足を縛られ、たった一人、闇の中で姉が何を思っていたのかはわからない。けれどそれが、皮肉にも千年に一度の才を開花させた。

それが、碧幽谷の画の真実。

姉があんなふうな性格になったのも、あの件が関係しているのだろうと、思う。

そんな姉が男として愛するのは、間違いなく後にも先にも助けにきた義兄ただ一人。

珀明は、姉を助けられなかった。

けれど、姉を当主に、という意見が出たとき、あの過去が一気に遠くなった気がした。

女である碧幽谷を、ついに碧家は認めようとしている。

「……紅秀麗の存在は、それだけで様々に影響を及ぼします。その良し悪しを論じる者は多いかと思いますが……私個人は、男とか、女とか、そんなことは些細《ささい》なことだと、思ってます。良いものは誰が何と言おうと良い。碧幽谷が女と知れて画の価値が下がることがあるなら、それは世の中が間違ってると、断言できます。姉の画は――そんなものに左右されはしない。姉も、その手から生まれいづるすべてのものも、碧家が誇る、最高の『碧宝』です」

ですから、と珀明はつづけた。

「さしでがましいと思われましょうが、紅官吏に対して、ご一考願いたいと思っております。志に性の別がありましょうか。彼女には、官吏の志があります。官吏としての価値は、それだけで充分ではないかと、思っています。よろしくお留め置き下さればと……」

劉輝はその言葉を胸に受けとめた。

「わかった。心に留めておく。そういえば、どうして歌梨殿は余が王だとわかったのだろう」

珀明はこともなげに答えた。

「ああ、骨相で。名家なら顔を見ればたいがい、どの家とどの家の血を継いでいるのかはわかりますから。姉は観相もしますし。……もし陛下が偽名を名乗っていたら、間違いなくとっとと見切り付けて帰ってたと思います……」

危なかった、と劉輝は肝を冷やした。

「それと、翰林院《かんりんいん》図画局《とがきょく》の長官の座が空いているので、できれば幽谷殿にと思っていたのだが……やはり無理だろうか……」

「……そう言われたら、こう言え……いえ、こうお伝えして下さいと、姉に言われておりまして」

「うむ。何か条件が？」

「……姉の言葉をそのままお伝えいたします。『朝廷に紅秀麗ちゃんみたいなかわいい女の子官吏がたくさん増えたら考えてあげてもよくってよ！』だそうで……」

劉輝も絳攸も楸瑛もしばらく無言だった。

息子を取り戻し、ようやく落ち着いた歌梨は、ものすごくキラキラした目で秀麗を見つめ「やっぱり、思った通りなんてカワイイ娘なの！」とべたべたさわりまくった。

迎えにとんできた旦那などは「なんでもするって言ったのに、どうしていつもいつもこんなに見つけるのが遅いの!! 愛がたりなくってよ!!」などとかなり邪険に追い払っていたのに。

「……なんか、やたら紅官吏を気に入っていた……な」

「……ええ……実は秀……いえ、紅官吏はもろに姉の好みにぴったりなんです……なんか、かわいすぎたり美人すぎたり胸が大きすぎたりしないところがいいらしいです……」

それは褒め言葉なのだろうかと、劉輝は思った。

「……碧幽谷は、絶対男の肖像画を描かないことで有名だったが……」

「も、もう、理由は、おわかり、かと、存じます。あ、ですが陛下の画は、気が向いたら描いてもいいと申しておりました」

「本当か？」

「ええ……本当に珍しいことなんですが……身内以外で描くのは初めてかと思います」

珀明は不思議がった。珍しいこともあるものだ。

「では、その気になったら、ぜひ頼むと、お願いしておいてくれ」

「わかりました」

碧珀明が退出したあと、劉輝は絳攸を見上げた。

「良い配下を、もてたな、絳攸」

「ええ。なかなか見込みがあります」

絳攸の自慢そうな表情に、劉輝も笑った。

＊　＊　＊

数日後――。

「……よぉ」

どこかばつが悪そうに邵可邸にやってきた慶張を、秀麗は笑って迎えた。

「いらっしゃい、三太。なに、文《ふみ》の時間よりだいぶ早いじゃない」

「ああ、うん、ちょっとな。……こないだの話のつづき、しにきたんだけど」

ひらいた窓から、やわらかな春の風がさしこむ。

慶張は息を吸った。

「俺の嫁になってくれ」

秀麗はその言葉を受けとめた。

……はじめてかもしれない。素直な、まっさらな気持ちで、その言葉を聞いたのは。

いつのまにか、そのくらい秀麗の周りは、ゴチャゴチャと複雑になってしまった。

「ありがとう、三太」

ふ、と、慶張は息を吐いた。その言葉に含まれる他の意味を、察して。

「……でも？　っていうんだろ」

その言葉に、秀麗は是とも否とも言わなかった。

「……ねぇ三太、こないだあんたに言われた言葉は、ものすごくまっすぐで、なんの飾りもなかったから、胸にきたわ。そりゃもうぐさっとね」

「訂正しないぞ」

「わかってる。私も、否定するつもりはないわ。正しいと思う」

「そんでも、官吏がいいっていうのか？」

秀麗は劉輝を思った。彼や――紅秀麗という一人の官吏を信じて、託して、あらゆる無茶を叶《かな》えて茶州に送り出してくれた、高官たちを。

……色々、説明しようと思っていた。何もかも奪われたわけじゃないとか、利用されてもいい理由とか、王の判断は間違っていないとか、理解できるとか、何か優等生の答えを。

でも、三太のまっすぐな目に、すべての飾りをはずした答えがころがりおちた。

「私は、王の官吏でありたいの。今はただその道を、歩き続けられるだけ、歩きたいの」

慶張は目を閉じた。……団子屋で、話を聞いたときから、本当はわかっていた。

「だから三太」

「いや、その先は聞かない。答えは保留にさせて」

秀麗の目が点になった。

「……保留？」

「言うと、卑怯《ひきょう》だから、言わなかったんだけど、俺、今日これから茶州に発《た》つんだ」

「は⁉ な、なんで⁉」

慶張は懐から出した書翰《しょかん》を、ひらひらとふった。

「お前のせいでもあるんだぜ。少し前、茶州府通じて全商連に要請があったんだよ。消毒に適した酒を開発してくれる若手の研究者が欲しいっていう。酒って、種類によって薬効も色々あるから、そっち方面でも調べたいらしくて、それ聞いて応募してみたら通ったんだよ。これがその通知。例の学舎ができたらそのまま研究者として入るかもしれない」

そういえば柳晋が学舎の話を聞いて、何か言いかけていた。……柳晋は、その話を知っていたのかも知れない。

「お前が頷《うなず》いたら、このまま邵可おじさんと、……一応静蘭にも殴られるの覚悟で挨拶《あいさつ》行って、茶州に一緒に連れてくつもりだったんだけど、ダメって言われそうだったら、このまま聞かなかったフリして、トンズラするつもりで、わざわざ狙ってきたわけ」

「？ な、なんで？」

「そう簡単にあきらめるつもり、ないし。お前にもっと釣り合う男になったら帰ってくる。って言ったらカッコ良すぎ？　ま、俺がここまで言ってもダメだったってことは、どーせお前、当分結婚する気ないんだろ。だから別に待ってろとは言わないけどさ」

慶張は、背にしょっていた背嚢《はいのう》から、中くらいの箱をとりだした。

「――これ、お前にやる」

「……なに？」

「酒。俺がはじめてつくったヤツ。お前に最初にやるよ。とっとくなよ。呑《の》めよな」

秀麗は不覚にも感動した。箱を受けとったら、胸がじわりと温かくなって、泣きそうになった。

……こんなに心のこもった贈り物は、はじめてかもしれないと、思った。

「……ありがと、三太」

この言葉に、慶張はムッツリした。

「いっこだけいわせろ。今度帰ってきたら、いーかげん、名前で呼べよな。――じゃな」

「……驚きましたね。タンタン君よりよっぽど手強い求婚者ではありませんか」

静蘭の言葉に、タンタンはだいぶ規格外だと思う、と秀麗は返した。

「ね、静蘭。……もし挨拶に行ったら、慶張、殴ってた？」

「当然ですね。半死半生にします」

タコ殴りに殴る気満々だ。

「……静蘭、怒ったら怖いものね。相手の人のためにも、結婚しないほうが無難だわね……」

何気ない秀麗の言葉に、静蘭だけが感じとれるものがあった。

それでも、何も訊《き》かなかった。静蘭にとって、邵可と、秀麗と、三人の今が幸せなのだ。

「……お嬢様、昔の言葉を、覚えてますか」

秀麗がまだ女性が国試を受けられないとは知らなくて、官吏を目指して邵可について一生懸命勉強していた頃。

『私は末は宰相になるから、静蘭は将軍になって、王様のお尻《しり》ビシバシ叩《たた》いて、二人で国をまもるのよ！　だから静蘭、頑張って出世するのよ！』っておっしゃったこと」

「……。……い、いった、かも……」

「私は、ちょっと迷っていたんですけれど……」

静蘭が清苑公子であるという事実は、消えることはない。

劉輝のそばにいるにしても、どの程度までの距離を保てばいいのか、迷っていた。

劉輝がしっかり立てるのなら、距離を置いて、見守るという道もあったが。

「なんかこう、任せられないといいますか、見てられないといいますか……」

「え？」

「もう少し、出世してもいいかと、考えまして」

秀麗の顔がパッと輝いた。

「――すぐに野菜からお肉主体の食卓に切り替えるわ！　家計簿見直して――あ、でも、忙しくなって、あんまりご飯一緒にできなくなったりするのかしら」

「あ、それは大丈夫です。お嬢様がお邸《やしき》にいるときは絶対帰ってきます。どんな手を使っても。……なんだか、予想以上にルンルンしてますね」

「だってこれでようやく私も父様も、お荷物じゃなくって静蘭と並んで歩けるもの」

なんでもないように秀麗は言った。静蘭は虚をつかれた。

……本当に、敵《かな》わない。

守るという名分を失って、閉じていた殻を破れば、世界はずっと広かったような気分だ。

一緒にいたければ、並んで歩けばいい。どこにでも行ける。

たとえば秀麗が宰相で、静蘭が将軍で。背中を預け合える未来も描けるところ。

（……それも結構いいな）

相手が燕青より、よっぽどいいと静蘭は思った。

「そういえばお嬢様」

「うん？」

「お嬢様が求婚を断って、ちょっとホッとしてます」

秀麗は照れて笑った。

「口がうまいわね、静蘭」

終章

その日、邵可邸の庭院《にわ》では招かれた何人かのお客がめいめい春の花見を楽しんでいた。胡蝶や、歌梨（胡蝶にくっついてきた）も。

秀麗から文《ふみ》を受け取った劉輝も、邵可邸を訪れた。

「いらっしゃい」

秀麗はやってきた劉輝を、笑って迎えた。供をしてきた楸瑛と絳攸は、素知らぬ顔でさりげなく二人から離れた。

「待っててくれて、ありがとう」

劉輝には、それがあのたった一行の文のとおり、『桜が咲くまで』ただ待っていたことなのか、茶州でのことなのか、わからなかった。どっちもだったかもしれない。

──桜が咲くまで。

咲いたら、必ず連絡をするから、それまで待っていてという、こと。

茶州の件、謹慎の件──この一年、あまりにも多くのことがたてつづけに起こりすぎた。

ようやくもてた静かな時間の中で、秀麗が一人で何を考えていたのかは、劉輝にはわからない。

劉輝にわかるのは、自分の心と、自分がしたことだけだ。

「……桜が、咲いたそうだな」

「ええ。みっつだけだけれどね」

そうして、二人でみっつだけ咲いている小さな桜の木に歩いていった。

その様子を見て、梅林を散策していた歌梨と万里の目つきが、少し変わった。

庭石に腰かけ、膝に料紙を広げて、歩く二人の姿をじっと見つめながらそれぞれ筆をとる。

そのことに、劉輝と秀麗は気づかない。

劉輝は伝えた。

「……余は、謝れないのだ」

「ええ。その必要はないわ」

「謝れないし、必要があったら何度でも同じことをするかもしれぬ」

「わかってる。それが王様のお仕事だもの」

優等生の官吏の答えだった。

「――では、ここから先は、紫劉輝だ」

劉輝はずっと考えていた台詞《せりふ》を、微《かす》かに笑って、告げた。

「……私は、王をよく知っている。言いたいことがあるなら、伝えてやる」

秀麗は思わず目を丸くした。さすがに、その台詞は、予想外だった。

——二年前の、桜の下。

初めて会ったときの、その言葉を。

ここで言うとは思わなかった。

気づけば、秀麗の頰はゆるんでいた。

サッと劉輝のほうを向き、腰に手を当ててみせた。

「いいのね？　後悔しないわね？　本当に言っちゃうわよ？」

「うむ。どんとこいと言っていたから、遠慮なくくるのだ」

「伝えたら、あなたの首が飛んじゃうかもしれないわよ」

「今の王様は大変寛大で立派だそうだから、まったくそんな心配はいらぬ」

しかつめらしい顔の劉輝に、秀麗も真面目くさった顔をして、咳払《せきばら》いした。

「わかったわ。じゃ、こう伝えてちょうだい」

秀麗は思いっきり叫んだ。

「『こんちくしょー！　謹慎？　ふざけんなよ!!』」

……それを耳にした、その場の誰もが静まり返った。

タンタンは今頃くしゃみをしているかもしれない。なかなかいい言葉を教えてもらった。色々なものが全部詰まっていて、叫べば昊《そら》に放り出せるような。

「これでいいわ。これで全部帳消しよ。そう王様に伝えてちょうだい」

劉輝は目を瞬いた。……もうちょっと、怒濤《どとう》のように何か言われると思っていたのに。

「それだけでいいのか?」

「いいわよ。あとは私が一からまた頑張るだけだもの。何度だってそうするわ」

何度だって、そうして越えていく。だから。

あなたは何も気にする必要なんてないと、秀麗の鮮やかな笑顔が告げる。

「それより、せっかくつくった約束の茶州の料理が冷めちゃうけど、いいの?」

劉輝は慌てた。

「いや、いかん。食べる。……からい大根は?」

「入れてないわよ」

「二胡《にこ》は?」

「好きな曲を弾いてあげるわ」

「散歩は?」

「この庭院の中なら、つきあってあげる」

「嫁は？」

「約束した覚えはトンとないわね」

チッと劉輝は心の中で舌打ちした。

聞いていた胡蝶が弾けるように笑いだした。

「やーっぱり秀麗ちゃんは大物になるねぇ」

歌梨と万里が一心不乱に絵筆をすべらせ、何枚もの料紙に画《え》を描いていく。そのそばで欧陽純《じゅん》が花見酒と、妻と子の画を楽しんでいる。

「……そういえば母上」

「なあに」

「こないだの雅号……僕『碧歌梨』がいいなって、ずっと思ってたんだ。いい？」

その言葉に、欧陽純は会心の笑みを浮かべ――歌梨はくしゃくしゃになる顔をおさえて、万里の頬をつねった。

「……生意気だわ！」

照れ隠しのように絵筆を走らせる。

そんな歌梨を描こうと欧陽純が筆を手にとると、ぴしゃりと歌梨に手を叩《たた》かれた。

「わたくしの画は勝手に描かないでって約束したでしょう!!　あなたはわたくしと万里に歌でも歌ってればよろしいのよ!!」

欧陽純は歌才はかなりのものだが、画は確かにへたくそだった。しかしなぜそんなに描いてはいけないと言われるのか、彼は未だにわからない。せっかくいい表情《かお》をしているのに。

「……なんでダメなのかなぁ……」

「あのね、父上が描くと、母上の『本当』が画に写しとられちゃうからだよ。いつもいばってるのが嘘だってバレちゃうから、母上が嫌がるんだ」

「万里！　余計なことを言うんじゃなくってよ!!」

「ふーん。そんなの、とっくにばれてるのにねぇ」

欧陽純があっさりそういうと、歌梨は真っ赤になった。

——世にまれなる二人の画師によって描かれたこの画が日の目を見るのは、まだ先の話。

＊　＊　＊

「わかった。——ご苦労。下がってよい」

彼がそう配下に告げたとき、取り次ぎもなしに誰かがいきなり室に入ってきた。

「皇毅《こうき》、入るよ」

楽しげな声で名を呼ばれ、男は決裁していた書翰《しょかん》から顔を上げた。歳は三十代後半、冬のように冷ややかな双眸《そうぼう》は、ともすれば光の加減で灰色に見えるほど色素が薄い。

「晏樹《あんじゅ》……俺の仕事は知っているだろう。いきなり入ってくるなと何度言ったらわかる」

「長い付き合いでも官位が上の僕に対してその口の利き方はいけないね。おや、先客か」

晏樹と呼ばれた男は、同じ年の頃でも対照的にそこにいるだけで明るく華やぐような雰囲気をまとい、くるくる明るく色を変える瞳《ひとみ》には、いつも皇毅にはない茶目っ気があふれている。ゆったりとした口調も仕草も態度も、官位に似合わぬ気楽さがあるが、それでも浮ついた感じがしないのは、土台にあるのが高い知性と教養だと端々の言動から知れるからだ。

そのときまで皇毅と向かい合うようにして仕事の報告をしていた男が、晏樹に向かってスッと一礼すると、入れ違うように出て行った。

「……で？　何の用だ」

「上司が、君によくやったってさ。冗官《じょうかん》なら何もできないだろうと気を抜いてたのに、今回また危なかったから不機嫌でね。気分転換にきたのに、ますます嫌になるんだけれど、どうでもいいけれど、君のその無表情、もう少しなんとかならないかな」

やれやれと首をすくめた幼なじみにも、皇毅は眉《まゆ》一つ動かさなかった。

「まったくどうでもいい話だな。他を当たれ。単なる仕事をしただけだ」

「はいはい。君もね、国試派官吏への態度、もう少しやわらかくしてほしいんだけど。そうすれば僕の気苦労も少しは減るのに。国試派と貴族派の間を一生懸命取り持ってる僕のことも少しは考えてくれないかなー……」

「知ったことか」

「そう言うと思ったけど、本当に言ったね君……ああ僕の受難はまだまだつづくのか……」

　ぶつぶつこぼす愚痴さえ、彼にかかると明るく聞こえる。

「正直、僕は結構気に入ってるんだけれどね、彼女」

　皇毅が氷のような目を向けても、慣れている晏樹は笑うだけだった。

「頑張ってる娘《こ》は、好きだから」

「……なら、お前の嫁にでももとったらどうだ？」

「おっと、君の口からそんな言葉が出るとは。彼女、十八だったっけ。僕の歳で迎えたら幼妻っていわれるのかなー……。ああフクザツ。もうそんな歳になっちゃったとは……」

　皇毅はうんざりしたように晏樹を見た。

「お前はまったくよくしゃべるな。で？　旺季殿は次の一手を打ったのか」

「今頃宰相会議で提案してる頃だと思うよ」

『一手』を聞いた皇毅は、やはりまったく表情を変えなかった。

「……ほぉ、面白いな」

　ただそれだけ呟《つぶや》いた。

＊　＊　＊

「むむむむー。このままではいけませぬ……」

政事堂にテクテク歩きながら、羽令尹《れいいん》はモコモコの眉の下にある目を光らせた。どんなにどんなに追いかけても王にぶっちぎられつづけているこの現状。

「わたくし一人では、若く背も高く足も速い主上になめられてしまうのは道理……」

なめられるどころか、机案《つくえ》の下に隠れるほど恐がられていることを知らないうーさまである。

「ここはやはり、思い切った先手を打たねばなりませぬ。ガツンと」

羽令尹は決意も新たに先手を考えた。自分が仙洞省《せんとうしょう》の次官なのも問題なのかもしれない。仙洞省長官職・仙洞令君《れいくん》が非常駐の官なのは、ある特別な資格が必要だからなのだが——。

「……やはりここは、空位の仙洞省長官、仙洞令君の招聘《しょうへい》を——」

＊　＊　＊

その日の宰相会議は、門下省《もんかしょう》長官である旺季が静かに口火を切った。

「私から、一つ提案があります」

とん、と旺季の指が机案をひとつ、打った。

「鄭尚書令《しょうしょれい》の、こないだの十箇条、私も少々考えました」

悠舜の目がふっと旺季に向けられる。

「なかでも、無駄な官の廃止――確かに、もっともですな。無駄な食い扶持《ぶち》が減れば、戸《こ》部《ぶ》の財政も浮きます」

劉輝は顔を強張《こわば》らせた。

旺季は、ゆったりと微笑んだ。

「現在冗官である官吏の、一斉退官及び処分を、提案いたします」

＊　＊　＊

秀麗はしまっておいた官服一式をとりだした。それぞれ袖《そで》を通すごとに、徐々に顔つきが引き締まっていく心地がする。最後に帯をしぼれば、ゆるんでいた最後の心の糸が、ピンと張りつめた。葛籠《つづら》に残っているのは、あとは〝蕾《つぼみ》〟の簪《かんざし》ひとつ。

手を伸ばし、髪を結おうとしたとき、静蘭が書翰《てがみ》をもって入室してきた。

「お嬢様、お支度中に申し訳ありません。城から書翰が届きまして——」

「ええ？　せっかく待ちに待った謹慎明けだっていうのに、わざわざなんなのかしら。あ、ま、まさか、登殿禁止延長しますとかの申し渡しじゃないでしょうね……」

まるで不幸の書翰《てがみ》でももらったかのように、秀麗はおそるおそる文《ふみ》をつまみあげた。

ひらいて目を通し——。

「……な、な、なぁんですってぇえええええ————————っっっっ!?」

同時刻、まったく同じ文を受けとった蘇芳は、読んだあと文で折り鶴を折った。

「……あーあ……やーっぱり世の中甘くねぇなー……親父悪《わり》ぃ。先に謝っとくぜ」

アナザーエピソード

王都上陸！　龍蓮台風《タイフーン》

序

それは、まだ紅秀麗が官吏になる前のこと。

冬の終わり、秀麗・影月・龍蓮の三人が、国試最終筆記試験・会試を受け終わり、及第発表を待つまでの、ほんのひとときの物語……。

＊　＊　＊

「ふ。ふふふふふ」

上司兼養い親の不気味な笑い声に、絳攸はゾクッとした。

「どれもこれも満足だ。すばらしい出来だ。さすがに本物にはかなわぬが、練習用としては及第点だ。褒美に紅家専属細工師くらいにしてやってもいいな」

いずこよりか帰ってきた紅黎深は、扇のうしろでこうしてかれこれ半刻はコワい笑顔で何やらぶつぶつ呟き続けていた。何とかしてくれと家人に泣きつかれた絳攸だったが、そんなことはこの世でただ一人にしか不可能な難問である。

不可能と知りつつそれでも室《へや》を訪《おとな》ったのは、一応養い親に話があったからだ。

「あの……黎深様」

「ふふふふ」

「れい…黎深様」

「思いだすだけで笑いが止まらん」

——全然聞いていなかった。

いつもなら君子危うきに近寄らずを貫くのだが、今日ばかりはそうもいかない。絳攸は仕方なく、非常手段「あとがコワい最終奥義」に打って出た。

「……邵可様からお文が届いてます」

「馬鹿者言う前にとっとと突き出せ！」

こっそりとした囁《ささや》き声に即反応した黎深に、絳攸は一応取り繕う努力をした。

「はい？　私は別に何も言ってませんが。またいつもの幻聴じゃないですか」

——ぱちん、と扇が鳴った。

「この私に嘘をつくとは大物になったな絳攸。イイ度胸だ。たまりにたまっている私の仕事、かわりに一日で片づけるということだな。吏部《りぶ》まで案内《あない》はつけてやらんから半日は道草、実働時間は実質半日か。きりきり働けよ」

「………………はい」

黎深が本気でやれば数刻で終わるのに、と絳攸はココロで泣いた。

「はい。楸……藍将軍が今日から休暇を取ったとの」

「興味ない。お前も余計なことはするなよ。仕事を三倍に増やしてやるからしばらく侍郎《じろう》室にこもってろ。――王にも当分近づくな」

「で、何の用だ？」

「……黎深様」

「あの洟垂《はなた》れ小僧《こぞう》を甘やかしてやる気はない。それにお前は一応紅家の者だ」

紅家の一員に扱われたことが嬉《うれ》しく、一応という言葉に寂しさが忍び寄る。それでも、紅家当主としての彼の命《めい》に絳攸が逆らえるわけもなかった。黎深の言葉には理由がある。

その時、絳攸の胸にひとすじ、わだかまりのようなものが漂った。

「絳攸、今夜私は出かける。留守を頼む」

黎深は再びあの不気味笑顔に戻って、ホクホクと告げたのだった。


紅黎深が謎に上機嫌な一方、藍邸では暗澹《あんたん》たる思いを味わっている青年がいた。これもまた非常に珍しかった。

兄の一人から不幸の手紙が届いたのは、木枯らし吹き荒れる冬の日だった。

『会試《カイシ》・龍蓮《リュウレン》・世話《セワ》』

単語のみの簡潔すぎる一文は、楸瑛の心に木枯らしどころか吹雪を呼び込んだ。この拒否権を認めぬ短文絶対命令形だけはさすがの楸瑛も逆らえなかった。しかしひと言物申したかった。

楸瑛はすぐさま兄たちに返事を書き送った。到着するのは遥か先と知っていながら、書かずにはいられなかった。

『責任もてませんから』

――そして会試が終わる頃になって、兄たちから返事が届いた。

『そこまで期待してない』

楸瑛は短すぎる返信に、半ばやけくそな笑みを浮かべたものだ。

（藍《らん》州にいる兄上たちはいいですねぇ）

弟はまさしく今年の国試最大の台風の目だった。中心にいる弟になんら影響はなく、周囲だけが凄《すさ》まじい暴風雨に巻きこまれた。あとにはぺんぺん草も残らないような、恐るべき大災害だった。

なかでも某少年少女たちの被害は甚大だった。運悪くも龍蓮抗体をもつ稀《まれ》な資質の持主たちであったために、傍目に被害者と見なされず、結果的に弟と十把《じっぱ》一絡《ひとから》げ「クソガキ」の札付《フダつ》きにされてしまった。各州試をおのおの十代で首席突破してきた神童という事実も、四人のうち三人までもが彩七家出身――うち二人は筆頭名門紅藍直系――という事実も、藍龍蓮という歩く奇天烈《きてれつ》大百科の前に完全無効化したわけである。

（秀麗殿…影月くん…珀明くん…本当にすまなかった……）

彼らが被《こうむ》った大災害を思い浮かべ、楸瑛は心から陳謝した。

よせと忠告したのにいそいそと龍蓮に挨拶《あいさつ》しに行って白頭になって帰ってきた高官たちも記憶に新しい。龍蓮が入棟した予備宿舎は『呪いの第十三号棟』と囁かれ、かの棟の管理責任者が駆け込み道寺《でら》のごとく次々と辞表片手に王の執政室に決死の討ち入りを果たした。中の一人の心からの叫びは今でも楸瑛の脳裏に焼きついている。

『もう…もう嫌ですっっ!! 会試予備宿舎第十三号棟の管理責任者の地位をへんじょおさせてくださいぃぃっ!! これはなんですか何のイジメですかわたくし何か主上のお気に障るようなことをいたしましたでしょうかっ⁉ ていうかあのガキどもなんの物の怪《モノノケ》ですかっ⁉ このままでは…このままではわたくしっ、たった数日で頭がハゲてしまいますっ! 手に負えませんあのクソガキどもっ!!』

いつもの上品さをかなぐり捨て、打ち伏しておいおい泣き出した彼を楸瑛は哀れすぎて見ていられなかった。他にも叩《たた》き売りできるほど各種取り揃えてある。

(さすがにかの伝説の悪夢、黄尚書《しょうしょ》や紅尚書の年には敵《かな》わないが、私たちの時とは張る国試になったたな……)

あのときも上はこんな風に胃と心を痛めていたのかと思うと、七年前の自分を少し後悔する楸瑛であった。

しかし龍蓮が引き起こす数々の騒ぎにおける最大の被害者は自分に間違いない。これから自分が千年語り継がれる偉大なる功績を立てたとしても、あとにはこの一文がくっつくだろう。

『でも、あの藍龍蓮の兄なんだよね』

……楸瑛は最悪な気持ちになった。

そしてかなり嫌々ながら、会試最終日を終えた弟を迎えに行くべく、重すぎる腰を上げたのだった。


―


(……なんで私がアレのために貴重な休みをとらなくちゃならないんだ)

キンという音さえ聞こえそうなほど、透明に澄みきった朝だった。春の訪れには早いこの時季、吐く息はまだ煙のように白く凝《こご》る。

気持ちの良い朝だったが、宮城からぞろぞろと出てきた集団はことごとく幽鬼のような顔つきをしていた。日を浴びたら灰になってしまいそうである。

実に七日に亘《わた》る会試が終わり、すべてを絞り尽くした彼らが昊《そら》を見上げる余裕を持つには、もう少しの時間が必要だった。

ピーひょろろとマヌケな笛の音が聞こえてきた。瞬間幽鬼の群れが生気を取り戻し、瞬く間に楸瑛と笛の主との間に道がひらけた。一種異様な空白地帯をつくったこの上なく馬鹿な衣裳《いしょう》の弟を見た時、楸瑛は前述のごとく思った。

しかし常と違って、弟のそばに珍しく人が残っていた。

「……だーもうやめなさいってば！　みんな疲れ果ててるのに最後の気力まで吸い尽くすつもりあんたはっ!?　ていうか一緒に歩かないでちょうだい。同類と思われたら子々孫々末代までの大恥よっっ!!」

「しゅ、秀麗さん……もう少し婉曲《えんきょく》に」

「甘いわ影月くん！　この孔雀《くじゃく》男のおかげでどんな目に遭ったと思ってるのっ。まったく国試受けにきたんだか坊主の試験受けにきたんだかわからないわよ。私、今なら仙人様以上の明鏡止水の心境で悟りを切りひらける自信があるわ」

楸瑛は思わず吹きだした。……確かに、秀麗殿の心の広さにはかの彩八仙《さいはっせん》といえどもかなうまい。カッカと怒っていかに龍蓮を邪険にしようとも、楸瑛にもわかるくらい彼女の言葉には毒がない。

ぴたりと笛の音がやんだ。無駄に生地を費やした衣ずれの音が響く。

「素晴らしい意見だ、秀麗。よし、我が心の友らよ、ともに修行の旅に出ようではないか。影月もこんな派手派手しい場所で汲々《キュウキュウ》と目先の幸福にとらわれるより、この辺で遠大なる人生計画を立てよう。彩八仙も霞《かす》むほどの伝説をつくるのだ。末期の言葉は三人一緒に『我らが人生に一片の悔いなし』。ふっ…やはり我らが出会ったのは運命だったのだな」

さすがの影月も返す言葉がなかった。心優しい少年の言語能力範囲を超えてしまい、どんな断り文句も思い浮かばなかったようだ。

しかし秀麗は一刀両断した。

「伝説はあんた一人で汲々とつくってちょうだい龍蓮。あんたなら存在するだけでその遠大なる目標を達成できるわよ。ええ太鼓判押してあげるわ。それにあいにく私は今度の国試ですでに『我が人生に悔いあり』ってなっちゃったしね！」

聞いていた楸瑛は即座にそれが「龍蓮と関わり合いになってしまったこと」だと悟った。

しかし龍蓮はまるで気づかず、その整った眉《まゆ》を跳ね上げた。

「なに、我が心の友其《そ》の一、何があった。そなたの人生一代史に残るような悔い事件があったというのに、傍にいた私が気づかなかったとは何たる不覚。心の友失格だ。いや今からでも遅くはないな！　秀麗、コトの顚末《てんまつ》をつぶさに話し申せ。そなたの心の澱《おり》をとりのぞくべく最大限の努力をしよう。なに礼など不要。心の友として至極当然のことだ」

秀麗の返事も聞かず、ぴーろロろと下手くそな笛を吹き始めた。……なぜそこで笛を吹く、と少女が気力を吸いとられているのが見てとれた。

ふと、影月がようやく前方に立つ楸瑛に気づいた。

「あ、あれ……藍将軍ですか⁉　そんな格好をなさってるから全然気づきませんでしたぁ」

秀麗も楸瑛を認めて、飛び上がった。

「え⁉　ぎゃっ藍将軍！　って……」

秀麗は楸瑛を前にやや沈黙し、思わずといった風にぽろりとこぼした。

「……あの、本当にアレ、いえ、そこで笛吹いてるのとご兄弟…なんですよね」

趣味の良い私服に身を包み、髪を長くたらしている楸瑛は立っているだけで絵になる優雅さだった。武官はおろか某笛吹き孔雀男の実兄とはとても思えない。

「私もコレが生まれて十八年、何万回と確認したけど悲しくも事実だったよ」

楸瑛はにっこりと秀麗と影月に笑いかけた。

「試験、お疲れ様だったね。その……色々と迷惑をかけてすまなかった」

はたと笛がやんだ。龍蓮は厳しい目を初めて兄に向けた。

「なに？　愚兄其の四、我が心の友らにどんな迷惑をかけたのだ。まったく身内として恥ずかしいぞ。女性を追っかけてるから人格形成が遅れるのだ。ハッ、さては秀麗の悔い事件の真犯人は愚兄か。我が目をかすめて心の友其の一かつうら若き淑女に人生の汚点となるような行為を！　見損なったぞ愚兄ッ‼」

楸瑛は笑顔のままだったが、内心では腰の剣を抜かないように自制するのに精一杯だった。……このバカ弟ッ。

「龍蓮、誰のせいで秀麗殿たちが獄舎に放りこまれたかわかってるか？」

「勅命をくだした王と愚兄其の四を含む腹黒い側近たちのせいに決まっているだろう。まったく実に不当な扱いだった。私の笛で心慰め、心の友其の一の見事な鍋《なべ》料理で暖をとらねばどうなっていたことか」

秀麗と影月は灰になった。

このひと月、トアル若君のせいで七人もの責任者が辞表提出、かの存在自体とその笛の音に同舎の受験者八割が次々精神錯乱、役人総出で『呪いの第十三号棟』救出作戦開始、中途半端に精神力があったせいで残ってしまった不幸すぎる二割も「ここから出してくれぇえええ」とまるで凶悪犯と一緒の獄舎に閉じこめられたがごとく監督係に集団で泣きついた。結果、事態を重く見た王は龍蓮抗体を持つ三人（紅秀麗・杜《と》影月・碧珀明）をお目付役に選抜、トアル若君もろとも隙間風の吹きすさぶ本物の獄舎に一時放りこむしかなくなった。まさか栄えある会試受験がこんなことになるとは、龍蓮抗体保持者の誰もが夢と希望に充ち満ちた子供時代には思いもしなかった。真冬であったが、彼らの心に吹いた隙間風は本物のそれを遥かに凌《しの》いだ。

……そのトアル若君を誰だと思ってるのかこの孔雀はッ!!　さすがの秀麗も言葉もなく、むなしく口を開閉させるしかなかった。

楸瑛は単刀直入、本題に切りこんだ。

「龍蓮、邸《やしき》に戻りなさい」

「断固断る」

兄弟の会話は一拍で終わった。

楸瑛だってこんなのと一緒に過ごしたくなかったが、兄たちの絶対命令に逆らうことはできなかった。それに楸瑛は一度すでに失敗している。二度目はない。

「……お前が貴陽に入った瞬間、とっ捕まえて会試直前まで邸に監禁しておかなかったのは私の手落ちだったよ。私に無断で勝手に予備宿舎に入ってくれたおかげで、各方面にとんだ被害が出たあげく私の信用もガタ落ちだ」

「ほう。落ちるほどの信用を築き上げていたとは驚き桃の木サンショウウオ。どうやら獄舎事件といい、現王は人材不足で大層困り果てていると見える」

「お前のような弟をもった私ほどじゃないよ。邸に帰りたくない理由は何だ？」

「あの別邸は無駄に広く悪趣味に綺羅綺羅《きらきら》しく、私の美的感覚にまるでそぐわぬ」

藍家の名誉のために付け加えるなら、彩七区一の大邸宅を誇る藍家別邸は代々国一番の庭師と工匠たちによって常に手入れされ、磨かれ、その年輪とともに在るだけで国宝と称される風雅の結晶である。

なぜ弟がこんな摩訶不思議《まかふしぎ》風流観をもって育ったのか、楸瑛にはサッパリわからない。

「そうはいってもね、私は兄たちからお前の監督を任されている。なんなら藍家の権力を駆使してお前を邸に追い立てても構わないんだよ」

龍蓮の眉宇《びう》がひそめられた。

「まったく、金と権力にあかせて無理強いとは、まるで性悪悪代官だな。これが私の兄かと思うとまったく情けない限りだ。今からでも遅くはない。自分探しの旅に出たらどうだ。無駄だと思うが、参加することに意義もあろう」

「頓珍漢《とんちんかん》なその助言は一刀両断して返品するよ、バカ龍蓮。私もほとほと情けないよ。どうせ性悪悪代官を気取るならお前みたいな真性変人の弟より、秀麗殿のようなかわいい女性相手にしてみたい」

兄の軽い流し目から、すかさず龍蓮は秀麗を背後に庇《かば》った。

「我が心の友其の一を毒牙《どくが》にかけようとは不届き千万、いかな愚兄でも容赦せんぞ。しかし残念だったな。たとえ城下すべてで私を村八分にしようと、私には最後の砦《とりで》、心の友らがいる」

秀麗と影月は「心の友」という言葉にびくっと反応した。嫌な予感がして後ずさるも、まるでうしろに目があるがごとく龍蓮は二人の腕を掴《つか》んだ。

「このひと月、我らの心は友として固く結びついた。もはやいかなる障害が立ち塞《ふさ》がろうともこの絆永久《きずなとこしえ》なるは必定！　いかに愚兄が姑息《こそく》な策を弄そうともはや遅きに失する。彼らは快く私を賤屋《しずや》に迎え入れてくれるだろう」

秀麗は蒼白《そうはく》になった。この場合どう考えても邵可邸を指している。

「賤屋で悪かった――じゃなくてなに勝手なこと言ってんのよ！　影月くんはともかく、あんたを養う余裕はないわッ」

心の余裕のことであったのだが、またしても龍蓮には通じなかった。

「心配するな。金銭的余裕のなさは大根の葉まで使い切る見事な菜魂《りょうりだましい》においてすでに承知。心の友として図々《ずうずう》しくも客分におさまろうという不心得者ではないぞ。滞在中はしっかりとこの笛で小金《コガネ》を稼ぐから安心致せ。ふっ、旅ではよくそうして稼いでいたから慣れたものだ」

あの笛で稼いできた!? 秀麗は耳を疑ったが、影月はふと思いついて何げなしに失礼なことを訊《き》いてみた。

「……もしかしてー、『お金を払うから早くどこぞへ』とか言われませんでした?」

「さすが心の友其の二、すっかり以心伝心、もはや阿吽《あうん》の呼吸《こきゅう》のごとく通じ合えて私は嬉《うれ》しいぞ。我が笛は数拍で人の心を満足させてしまう罪な音らしいのだ」

楸瑛は秀麗の悲愴《ひそう》な眼差しを全身にひしひしと感じた。——お願いですから兄として責任もってこの孔雀男引き取ってください——ッ!! 言葉よりも如実に物語る瞳《ひとみ》だった。

楸瑛にも限界はあった。しかしこの弟だけは何としてでも捕獲せねばならなかった。さすがにこのまま弟を邵可邸に押しつけてはあまりにも迷惑をかけすぎる上に、某尚書《しょうしょ》の余計な恨みまで買いそうである。

それに——と楸瑛は嘆息した。

「……龍蓮、一度しか言わない」

楸瑛は腰に佩《は》いていた剣に手をかけた。

「きなさい。でないと本気で抜くよ」

いつもとは違う、ひんやりとした声だった。秀麗と影月は我知らずぞくりと悪寒を感じた。

楸瑛の、掛け値なしに本気の言葉だった。そのくらいしないと、この弟とまともにやりあえないことを楸瑛はよく知っていた。

「藍龍蓮の名をもつ君をこれ以上ふらふらさせておくわけにはいかない。自覚しなさい――特にこの貴陽にいる間は」

龍蓮の目が一瞬強い光を放った。しかしそれも僅《わず》か、譲ったのは龍蓮だった。

「……ご通行中の一般庶民の皆々様に迷惑をかけるわけにはいかぬな。まったく風流でないやり方だ。すべてにおいて無駄甚だしい邸に帰るなど苦痛以外の何ものでもないが……承知した」

「いい子だ」

龍蓮は口にした言葉は必ず守る。楸瑛はホッと剣の柄から指を離した。

秀麗はどこか穏やかならぬ空気を感じて、楸瑛と龍蓮を交互に見た。ためらいがちに楸瑛を振り仰ぐと、前言を撤回した。

「……あの、藍将軍、やっぱりうちで龍蓮引き取っても、いいですよ？　うち、このごろ変人限定宿屋みたいになっちゃってますし……賤屋ですけど室《へや》なら余りまくってますし、なんだかんだいって同期ですし、慣れもあるし今さら龍蓮一人くらい増えたって」

楸瑛はそのときの龍蓮の表情を見てしまった。弟の表情を読むのは最高難度の技だが、一応兄として十八年付き合ってきたため会得済みだった。

少しだけ楸瑛の心が揺れたが、先の言をひるがえす気はなかった。にっこりと当たり障りのない笑みを浮かべてみせた。

「大丈夫、そこまで秀麗殿に迷惑はかけられないよ。コレにそこまで気を遣ってくれるとは、私のほうが妬《や》けてしまうね」

「真の友情を脳内変換して汚すな愚兄」

龍蓮も秀麗の尻馬《しりうま》に乗ることはなかった。

龍蓮は何を思ったか、常に肌身離さずにもっていた鉄笛を二人に差し出した。

「さらばだ我が愛しき友らよ。名残惜しいが及第発表のときまでしばしの別れ。これを私と思って心慰めるがよい」

龍蓮が笛を手放した！　秀麗も影月も目を丸くした。そして差し出された笛を反射的に受けとってしまった秀麗は、その瞬間、あまりの重さに腰が砕けた。

「ぎゃっ、な、何この重さ……っ」

楸瑛が寸前で秀麗を抱きとめ、笛をとりあげた。

「龍蓮、もう少し考えて行動しなさい。骨折させたらどうするんだ。渡すなら頭に突きささってる羽にしなさい。折角できた友達なんだから大切にしないとだめだろう」

珍しくも龍蓮は押し黙り、おもむろに髪飾りの、ぴょんと飛び出ている羽を二枚抜きとった。今度はそろっと差し出す。

渡されても、と思いつつ、なんとなく二人は受けとってしまった。

ホッと表情を和ませた弟を見て、楸瑛は少し罪悪感を覚えた。

「さあ帰ろう龍蓮。軒《くるま》に乗りなさい」

「相変わらず趣味の悪い軒だ」

「お前の存在自体には負けるよ」

「とことん趣味も気も合わぬな愚兄よ」

「嬉しい限りだよ。万一どっちかでも合ってしまったら私も終わりだ。じゃあ二人とも、また」

秀麗と影月に優しい笑みを残すと、龍蓮に続いて楸瑛が軒に乗った。

間違いなく一流細工師の手なる軒が去っていくのを見送ると、秀麗と影月は顔を見合わせたのだった。

二

「ふぅん、じゃあ藍家の末の若君は藍将軍のお邸《やしき》に帰ったんだね」

実にひと月ぶりに我が家へと帰ってきた秀麗は、変わらぬ父の笑みに出迎えられてようやく自分が今まで気を張っていたことを知った。帰ってきた——秀麗は心底ホッとした。

例によって例のごとく、遠慮する影月を邵可邸に引きずって帰ってきたのだが、会えるはずだった大切な家族が一人欠けていた。

静蘭がどこにもいないのである。

驚いて父に訊くと、会試採点期間中は不正防止のために特別厳戒体制が敷かれ、警護要員として静蘭も駆り出されたらしい。確かに会試に及第したら次の最終面接、殿試《でんし》はほとんど及第確定となるので、不正防止厳戒体制というのも頷《うなず》ける。しかしそのおかげで家人の静蘭は秀麗と入れ替わりに出仕してしまい、しばらく会えないという。

よってその日の夕餉《ゆうげ》は、邵可と影月の三人で卓を囲むことになった。

「かの若君は藍将軍と似ていたかい？」

秀麗と影月は同時に箸《はし》を止めた。……藍将軍と？

「……そ、そうね……カオの造りは確かに似てるわね」

秀麗は会試を思いだして遠い目をした。予備宿舎では終始あの孔雀《くじゃく》のごとき格好を貫いていた龍蓮だが、会試では問答無用で剝《は》がされた。及第すれば孫の代まで将来安泰の国試、及第するためには手段を選ばずせっせと不正にいそしむ者が絶えず、詩句を裏地に書き込むことなど日常茶飯事。ゆえに不正対策の一環として龍蓮も規定の衣服に着替えさせられたのだ。秀麗は予備宿舎から本試験会場に移った時、はっきり言って隣室に入っていく正統派美男子が龍蓮とはついぞ思わなかったものだ。始まって半刻たたずに隣からぐーすか寝息が聞こえ始めたところで正体に気づき、凍りついた。

（……髭剃《ひげそ》り燕青なんか目じゃないわ）

とりあえず会試時のマトモ龍蓮は、確かに藍将軍と造作は似通っていた。

「じゃ、上の兄君たちとも似ているね」

「上？　藍将軍じゃなくて？」

「うん。楸瑛殿の上に三人兄君がいらっしゃるんだ」

「……ああ、そういえば龍蓮が藍将軍のこと『愚兄其《そ》の四』って」

影月はにこにこと合槌《あいづち》を打った。

「じゃあ龍蓮さんて五人兄弟なんですかー。にぎやかですねぇ」

邵可は否定も肯定もしなかった。実はかの兄弟の父上はかなりの艶福家《えんぷくか》で有名で、本妻の他に子を成した女人もずいぶんいる。ゆえに腹違いの兄弟姉妹を含めればかなりの数にのぼるのだが、正式に藍本家を名乗れるのは本妻の五人兄弟だけなので、一応嘘ではないだろう。

「父様、ずいぶん親しげな口調だけど、上のお兄さんたちも知ってるの？」

「うん、いろいろとご縁があってね。今は上の兄君がたも忙しくて昔ほどじゃないけど、折々に季節の便りはかわしてるよ」

「へー初耳。父様のツテって実はすごいわよね。有効活用しないだけで。藍家のお兄さんたちは紅家と縁が切れても父様と縁切らなかった数少ない貴重な方々だったんだ。いい人たちね」

「龍蓮くんもそうだったかい？」

ぐっと秀麗は炒菜《いためもの》を喉《のど》に詰まらせた。

「う、うーん……冷静に判断すれば別に悪かないのよね。言ってることもやってることもまっすぐである意味一本筋通ってるし。ただ、まっすぐなんだけど方向が人と五十二度くらい違うっていうか。だから筋通っててもやっぱり人と五十二度違う筋の通り方なのよね」

「……なんでそんな微妙な数字なんだね」

「四十五度とか九十度とか百八十度ならなんとか考え合わせることも可能じゃない。でも龍蓮はかなり微調整できる人じゃないと滅多に重ならないってこと」

邵可と影月は妙に納得してしまった。

「同じ変人でも黄尚書《しょうしょ》はちゃんと共有部分があると思うのよ。政事《まつりごと》についての考えとかそうでしょ？　ただある何点か、仮面のこととかで人と違う思考に切り替わるだけで。でも龍蓮は全部がぶっ飛んでて、まるで共有部分がないからすべてにおいてヘンなのよ。だから何してもおかしなことになって、大概それが傍迷惑《はためいわく》って言葉に変換されるから、一般的にいう『いい人』っていうのには素直に頷けないモノがあるのよねぇ」

邵可は感心した。……我が娘ながら鋭い観察力だ。邵可は訊《き》いてみた。

「龍蓮くんと関わりたくないかい？　彼があまり好きではないかね？」

「正直に？」

「うん」

その返答には秀麗は悩まなかった。

「そうね。好きか嫌いか訊かれれば好きよ。ある意味劉輝以上のおバカだし、いつだって全力で付き合わなくちゃならなくてほとほと疲れ果ててるけど、龍蓮って絶対嘘はないから」

影月も同意した。

「そうですよねー。龍蓮さんて本当にまっすぐですよね。ちょっと突き抜けてるところがあるので、理解不能で複雑で何考えてるのかサッパリわからないって思われがちですけど、あれほど裏表のない人も珍しいと思います。こう、筋道は僕たちの理解許容範囲を超えてるだけで、一挙一動は全然取り繕ったところがないですもんね」

秀麗はお吸い物をすすった。

「そうよね。あいつとことん取り繕わないわよね。国試に一冊の書物ももってこなくて、日がな一日寝てるか笛吹いてるかご飯食べてるかのどれかで、一度も勉強してるとこ見たことなかったわよ。国試最終試験でいないわよあんな馬鹿。でも格好つけてるわけでもあきらめてるわけでもなくて、あれが龍蓮の自然体なのよね。最後まであれだけやる気ないのを貫ける一本馬鹿ってちょっといないわよ。同じ受験者としてあのナメきった態度は今でも腹立つし、散々怒鳴り散らしたけど、確かに全部龍蓮のまんまよね」

秀麗は椀《わん》の汁を全部飲みほすと、表情を翳《かげ》らせた。

邵可はその曇り顔の理由を察し、ちょっと笑った。

「……龍蓮くんが気になるかい？」

「うーん……なんか、最後は妙に素直でいつもよりマトモっぽかったのよね。藍将軍もいつもとちょっと違ってた気がするし……」

藍龍蓮、と邵可は胸中その名を呟《つぶや》いた。

「……ね、秀麗。君はさっき言ったね。龍蓮くんが他の人と重なることは滅多にないだろうって」

「うん？」

「それは、ひるがえせば誰とも同じものを見ることができないということじゃないかな。……それはひどく寂しくて、孤独なことだと、私は思うよ」

秀麗にも影月にも思ってもみない言葉だった。

「彼が好きだというのなら、そして彼がいつもまっすぐだというのなら、それなりの覚悟をもちなさい。誰かと関わるなら、いつだって相手と同じものを返さなくてはいけないよ。決して嘘をつかない相手にはこちらも嘘をついてはいけない。それは相手をとても傷つける。中途半端な好きを返してはいけないよ。十割で好きだと言ってくれる相手に、中途半端な好きを返してはいけないよ。期待をもたせるくらいなら関わるのはよしなさい」

二人は龍蓮に手渡された羽に目を向けた。

邵可は静かな視線を二人に向けた。そしてもう一度訊くよ、とつづけた。

「君たちは、龍蓮くんが好きかい？」

影月は頷いた。秀麗は返事のかわりにこう言った。

「……明日買い出しがてら、藍将軍のお邸《やしき》に寄って、お夕飯にでも誘ってくるわ」

にっこりと邵可は笑った。

「彼はきっと、とても喜ぶと思うよ」

「……父様、会ったこともないのにずいぶん龍蓮に理解があるわね」

秀麗は嫌味でなく本心から感心した。

邵可はお茶をすすると、窓辺にかかる月を見上げた。

「うん…聞いた限りじゃまるで正反対だけど、とてもよく似た子を知っていてね。角度でいうと二三二度くらいかな？」

今は吏部《りぶ》尚書の地位にいる、すぐ下の弟を邵可は思った。

三

その夜、兄に角度二三二度と評された紅黎深が上機嫌で出かけた先は、同僚である戸部《こぶ》尚書、仮面の黄奇人邸であった。

予告なしの押しかけだったが、黄奇人は今日ばかりは珍しく文句も言わず黎深を邸に迎え入れた。今日から藍楸瑛が休暇をとったことも、藍龍蓮が藍邸に戻ったことも、奇人の耳にすでに入っていた。

充分に暖をとった気持ちの良い室《へや》に二人きりになると、奇人は仮面を外した。歳を重ねるごとに、むしろいやます絶世の美貌《びぼう》がわずかに物思わしげに翳っている。

「藍龍蓮、か……どう思う、黎深」

「は？　別にどうも。興味ないが」

てっきりそれが訪問の目的と思っていた奇人は、黎深の即答に眦《まなじり》をつりあげた。

「興味ないだと？　藍家が七年ぶりに送りこんできた直系だぞ」

「君も絳攸と似たようなことをいうね。私は藍家の思惑も、藍龍蓮も、それに対するモロモロの動きもまったく関心などないよ」

「即刻帰れ」

もてなしの茶をすかさず退けた美貌の同僚に、黎深はやれやれと椅子に深く沈み込んだ。

奇人は自分とは違う。国の行く末を真剣に考えているからこそ官吏になった。ゆえに藍家末弟についてもピリピリしている。

「……あれは秀才型の楸瑛《あに》とは違う。使い処が難しい――というか使えない」

「断言か」

「全然使えないだろアレ、どう見ても」

「だが真性の天才だ」

「ああ。兄の誰をも凌《しの》ぐ藍家一の天才だ。だが同時に真性の変人でもある。人事を司《つかさど》る吏部尚書として言わせてもらえば、朝廷に彼の配属場所はない。独自の論理でしか動かない――利用できない紙一重に用はないね。必要なのは多数の秀才と、少数の『他人に理解できるなんちゃって天才』であって『真性の天才』はむしろ邪魔なだけだ」

「……からいな」

「事実だよ。君と彼は違う」

「だが、重要な存在だ」

「ああ。わかる者にとってはこの上なく重要な存在だね。あの洟垂《はなた》れ小僧《こぞう》がどうでるか、せいぜい見物させてもらおう」

内容とは裏腹に黎深の言葉はいかにも適当だった。

「……人事の長としてのお前に訊く。藍龍蓮のあの変人ぶりは擬態か？」

「それが判別可能なら、私は藍龍蓮を真性の天才とは評さないよ鳳珠。それを知っているのはこの世で本人だけだ」

天《あま》つ才――天の思考をもつ者。枠にはめられる者を天才とは言わない。本来その言葉に値する者は世に五指に満つかどうかだ。だが藍龍蓮は不幸にも真実その中の一人であり、ゆえに彼は『龍蓮』の名を得た。

彼を味方につけたなら、それは途方もない力となるだろう。千里を見通し、あらゆる事象は予測でなく明確な事実として藍龍蓮の目には映っているはずだ。それはある意味異能の縹一族さえ凌ぐ力。

（……だが、あの洟垂れ小僧が藍龍蓮を取り込むことは絶対にない）

それが可能なのは――。

「そういえばお前、藍龍蓮の件じゃなければ何しにきたんだ」

思いだしたように訊《き》いてきた同僚に、黎深も用事に戻った。

「君に新しい贈り物をもってきたんだ」

「――それをもって今すぐ回れ右しろ」

黎深はいそいそと包みを解きはじめていた。手を止める気皆無である。

「今度のはかなりの力作なんだよ。なんたって私のためでもあるんだからね」

バラリと扇のごとく開いてみせた仮面の数々に、奇人は絶句した。一方黎深はこの上なく本気でご満悦である。

「どうだいこの兄上の表情仮面！　これが満面笑顔、ちょっと笑顔、少し困り顔、しょーがないな顔、他色々だ」

――確かに力作らしく、どれも怖ろしいほど邵可に瓜二《うりふた》つであった。むしろ邵可本人の顔を剥《は》ぎ取って置いてあるようで、はっきりいって薄気味怖い。

しかし奇人は最初の言葉に詰まった。いつものように叩《たた》き返すのでは、邵可殿の笑顔仮面に失礼な気がした。ここら辺の思考回路が奇人である。

「さあ、さあさあさあつけたまえ鳳珠。今から予行演習をするのだからね」

「……予行演習？」

黎深はゲフンゲフンと妙に嬉《うれ》し誇らしげなあやしい咳《せき》をした。

「兄上のお邸にお宅訪問するときのね。やっぱりそろそろ潮時かなって。絳攸をダシに遠回りに近づいて早一年。夏にはどこかのシゴキ仮面上司からたくさん庇《かば》ってお手伝いして『素敵叔父《おじ》さん』として秀麗に好印象づけた。愛《いと》しの姪《めい》への掴《つか》みは完璧《かんぺき》。でも兄上とは最近、あ、あんまりまともに話せていないから心配でね」

馬鹿だこいつ、と奇人は知ってはいたが改めて再確認した。ついさっきまでの龍蓮評価への冷酷極まりない表情の主と同一人物なのが信じられない。

ふん、と奇人は鼻で黎深をせせら嗤《わら》った。

「いっとくがな、秀麗のお前への印象は『ヘンなオジサン』だぞ。勝手に妄想漢字変換するな」

「嘘つくな！　ふ、ふん、妬《や》いてるな。この私を動揺させようったって……」

「だいたいお前、近づいてるのは絳攸《ダシ》だけであって、お前自身は一歩も近づけてないだろうが。名前も存在も知られてない上、一夏の記憶も『ヘンなオジサン』。どこをどう近づいているんだ？　私のように季節の便りでももらってるのか？」

「き、キセツのタヨリだって？」

黎深は奇人の容赦のない攻撃にみるみる青ざめた。

「ま、まさか君……」

「あれから折々に文《ふみ》を交わして親密度を着々と上げている」

奇人の光り輝く美貌現在最大値到達。

「まあ、お前と親戚《しんせき》になるのは死ぬほど御免だが、このままだと幽霊親戚のままだな。杞《き》憂《ゆう》に終わりそうで一安心だ」

黎深はあまりに深い絶望のため、反撃の気力すらなかった。無意識的行動で邵可仮面を包みに戻すと、ふらふらと室を出て行く。

見送った奇人は、床に満面笑顔仮面が一つ取りこぼされているのに気づき、丁寧に拾った。

「あなたを心から尊敬しますよ、邵可殿」

奇人にはわかっていた。黎深もまた、この世に僅《わず》かな真なる天つ才。ただ黎深には途方もない確率の幸運で、邵可がいた。兄の存在ゆえに、黎深はこちら側にいるように見えるだけなのだ。黎深のすべてを包み込める邵可という存在がなかったら、奇人も今のように付き合えなかったろう。彼は兄に関する時だけ天つ才から人に戻る。彼の世界と、自分たちの世界をつなぐのはただ邵可のみ。

黎深を真に理解し、その深淵《しんえん》の闇のごとき孤独を埋めることができるのは後にも先にも邵可だけだ。それは自分や悠舜や、李絳攸でさえ不可能なこと。紅黎深という男の人生に途中から関わった者に、彼のすべてを理解することはできない。

だから、邵可は黎深の『特別』なのだ。

ふっと、奇人は苦笑した。

「妙なのにばかり好かれるわけだ。この笑顔で、平然とあの黎深を丸ごと受け入れてしまう邵可殿の娘なのだから」

只人《ただびと》とは違うと一線を画される者ほど惹《ひ》かれる、きっとそれが最大の理由。


煌々《こうこう》と月が夜を照らしていた。

離れで一人寒月を見上げていた龍蓮は、近づく気配にぽつんと呟《つぶや》いた。

「……『一番風流な荒屋《あばらや》』でもこれとは、まったく情けない限りだ」

「事前に到着の文をくれたら、お望み通り草ぼうぼうにしてあげてたよ」

「何でもかんでも生えていればいいわけではない。まったく一つの邸《やしき》に全州の草花を寄せ集めるなどと節操のない」

ぶつぶつ呟く不平にも、いつものような力強さがない。帰ってきてからだんだん楸瑛は心配になり始めていた。明らかに弟はいつもと違う。

一人で離れに引きこもってから、まったく音沙汰《おとさた》なくなった。笛の音も聞こえないし、さりとて寝ているわけでもない。ただこんな風にずっと庭院《にわ》を見ている。

もしかして、と思ったのは少し前だ。

「……兄上は、よくもこんなところに居着けるな」

何が、と楸瑛は訊かなかった。楸瑛自身、初めて貴陽に来たときは心底驚いた。少し感覚が鋭い者なら貴陽に入った瞬間感じる。たいていは感激するものなのだが、しかつめらしい顔をしているところを見ると、龍蓮は逆の感想を抱いたらしい。

「彩八仙の加護を享《う》けし夢の都《まほろば》……慣れればまあね。それに幽霊はでるよ。私も見たし」

楸瑛は去年の春先、府庫《ふこ》で絳攸と一緒に張り込みをした『幽霊退治』を思いだした。……あれからもう一年が経つとは。

「彩八仙の加護、か」

龍蓮は長くそろった睫毛《まつげ》を物憂げに伏せた。

「私には試されているように思えるが。貴陽《ここ》では妖《あやかし》に罪をなすりつけることはできぬ。生まれいづる悪意も表層する悪業も、すべては人の心ゆえと知らしめる」

つと、龍蓮は視線だけで兄を見上げた。

「見張っていなくても、約束は果たす」

「知っているよ。その心配はしてない。三位以内での及第なんか君にとっては何ほどのことでもないだろう。それより、そんな格好をしていると風邪をひくよ」

龍蓮はあの馬鹿な衣裳《いしょう》でなく、適当な薄物を引っかけただけの姿だった。湯浴みをしたらしく、ホカホカと微《かす》かな湯気がたっている。楸瑛はその濡《ぬ》れた頭に厚手の布を落とした。

「そういうまともな姿をしていると、ようやく私の弟だと実感するよ」

まだ華奢《きゃしゃ》なぶん、むしろ印象としては龍蓮のほうが「綺麗《きれい》」といわれるだろう。

不意に龍蓮は漢詩を詠《うた》いだした。いつもなら「またか」とその変人ぶりに溜息《ためいき》をつくだけだったが、今夜は弟の奇行の理由にも見当がついていた。だから黙ってその隣に腰を下ろした。

朗々と澄んだ声は耳に心地よい。龍蓮は音感もまともだし、楽も横笛以外なら完璧にこなす。なぜ横笛だけがあれほど下手で、しかもよりによってその下手な横笛を愛好しているのかサッパリわからない。だいたい縦笛が完璧で横笛が欠陥品という謎な原因を誰か教えてほしい。

漢詩はまた唐突にやんだ。うつむいた頰に髪がこぼれ、龍蓮の表情を隠す。

楸瑛は意地悪をやめにした。

「龍蓮、さっき、秀麗殿と影月くんから文が届いたよ。明日、一緒に邵可邸でお夕飯を食べようとのお誘いだ。わざわざ君を迎えにきてくれるらしい」

龍蓮は黙ったまま、差し出された文を受けとらなかった。楸瑛は言を継いだ。

「いいよ。許そう。行ってきなさい」

すると龍蓮は文を受けとった。大切そうに懐にしまいこみ、おもむろに立ちあがる。はだしで庭院におりようとしたので楸瑛は襟をつかんで引きずり戻した。

「待った。そんな格好でどこへ行く」

「即刻小金《コガネ》を稼ぎに行かねば」

「は？　小金？？」

「生活に余裕のない心の友其《そ》の一の負担になることは友としてあるまじきこと。食材代くらい渡さねば。一時も無駄にはできぬ」

表情も態度も変わらなかったが、沈んでいた空気は綺麗に払拭《ふっしょく》されていた。

楸瑛は思わず吹きだした。

はっきりいって龍蓮に比べれば楸瑛は凡人だ。弟の視界に映るものは、間違いなく自分とは違うのだろうと思う。その特異性ゆえに、弟は今まで世界で独りぼっちだった。そして生まれながらそうだったために、その孤独をごく自然に受け入れた。

……龍蓮が自然や風流を愛するのは、それが変わらぬものだからだ。彼と接しても無言で受け入れてくれるもの。その孤独を少しでも癒やしてくれるもの。

けれど、彼は見つけた。

視界を共有できなくても関わってくれる者。受け入れ、言葉や想いを返し、一緒にいることを許してくれる人。罵倒《ばとう》も怒鳴り声も優しさもすべて心からくれる友人たちを。

龍蓮から逃げなかった初めての「他人」。

(……君たちに心からの感謝を)

ただ世界に在るだけだった彼は、ようやく世界と関わりはじめた。

「……龍蓮、君は『藍龍蓮』だ」

藍家直紋〝双龍蓮泉《そうりゅうれんせん》〟の二文字をとったその名は、龍蓮の元々の名ではない。その天つ才を認められ、わずか四歳にてその名を与えられた。藍家歴代でも数えるほどしか存在しない『藍龍蓮』。時折思いだしたように現れるその名を承継した者のほとんどが、藍家当主となった。

その特別な意味を知る者は少ない。

『藍龍蓮』――それは藍家の象徴であり、最後の切り札。危急時においては藍家当主の決定さえ覆せる絶対の存在。

襲名以後、龍蓮は放浪の旅に出始め、滅多に家に居着かなくなった。元からヘンだったが、覿面《てきめん》に表層してきたのもそれからだ。けれど当主たる三人の兄たちも、自分も、何も言わなかった。すべて黙認してきた。

『藍龍蓮』はそうでなくてはならない。他の誰かに易々と利用されることがあってはならない。利用できると思われることさえ忌避すべきこと。その手に握る至権ゆえに、彼が他人に左右されることがあってはならなかった。常にふらふらし、捕まえても話も通じない『藍龍蓮』は、本家にとっても望むところだった。

楸瑛も今までそう思っていた。もとより放浪生活開始後滅多に顔も合わせず、会ってもこんな性格だから弟としてかわいいと思ったことなど絶無だ。兄だから付き合わざるを得なかっただけで、現王とその兄のような、または某尚書《しょうしょ》とその兄のような兄弟関係ははっきりいって理解不可能だった。むしろ現王のほうがよほど弟にしたいくらいだ。

けれど、その他大勢同様『変人』のひと言で切り捨ててきたこの弟がようやく見え始めた今、わかることがあった。

「『藍龍蓮』の襲名式と時を同じくして、兄上たちは藍家当主についたね」

三つ子の兄は、十四年前そろって朝廷を辞し、藍家当主の座についた。並立当主など彩七家の長い歴史の中でも記録になく、しかもそれが不吉とされる揃い子だったため、当時物凄《ものすご》い騒ぎになった。

『藍龍蓮』指名者がありながら、彼をのけて当主についた兄たち。

「あれは、君を、守るためだったのだね」

ずっと不思議だった。幼しとはいえ『藍龍蓮』と認められた弟。当主とするのに不都合はない。むしろ最高権が分かたれる弊害のほうが大きい。だからこそ歴代『藍龍蓮』の多くが当主を兼ねた。なのに兄たちは自ら当主に立ったばかりか、三人並立してさらに最高権をわけた。

「知っていた」

龍蓮はポツリと呟いた。吐く息が白く煙る。楸瑛はそっと瞼《まぶた》を閉じた。そう、この弟が気づかぬわけがない――。

「嬉《うれ》しかった」

だから、と龍蓮は淡々とつづけた。

「旅に、出ようと思った」

「ああ」

あのまま龍蓮を当主につければ、龍蓮はその瞬間あらゆる世界から完全に隔絶され、死くいあげたのだ。

ぬまで独りぼっちのままだ。

兄たちは龍蓮に残された僅《わず》かな可能性さえ叩《たた》きつぶされようとしていたのを、寸前ですくいあげたのだ。

そして龍蓮はその可能性を受けとった。兄たちが無言で与えてくれた自由な時間を最大限に使って、彼がこちら側の世界に至れる扉の鍵《かぎ》を探すために。

彼は間に合った。十八年目でようやく。

「龍蓮……兄上たちは中継ぎでなく正式な当主だ。そして歴代『藍龍蓮』すべてが当主になったわけではない」

兄たちは正式な当主として立つことで、龍蓮が藍家当主にならなくてすむ選択肢さえ残した。今、あらゆる未来は弟の手のなかだ。それはきっと歴代『藍龍蓮』には望むべくもなかったはずの『自由』。

「……あの鬼畜な兄上たちがそんなに君に甘いとは知らなかったな……」

楸瑛はくしゃりと弟の髪をかきなでた。思えば、こんな兄らしいことをしたことさえなかった気がする。十八の若者にする仕草でもなかったが、そうしてやりたい気がした。今初めて、友人のことでうきうきする弟をかわいいと思える。

「今まで、なんて変人で頓珍漢《とんちんかん》なかわいくない弟だって思ってて悪かったよ」

「大丈夫だ。私も楸兄上のことをとんと風流を解さぬ自己形成未発達未成熟な兄だと思っているからおあいこだ」

「……現在進行形に聞こえるが」

「初めて意見があったな愚兄。ところでこれで『多分人生初・ほのぼの兄弟会話』が終わりなら放してもらいたい。心の友のために早く小金を稼ぎに行かねば」

どうしても自分で稼ぎたいらしい。

「……こんな夜中にか？」

「旅経験なら私のほうが上であるぞ。今からでもまっとうな稼ぎかたはある」

何となく嫌な予感がした楸瑛だったが、風流と美を愛する龍蓮は『人として美しくない行為（↓悪事）』も嫌うので、まあ大丈夫だろうと判断した。身の危険はそもそも心配するほうが馬鹿を見る。

「まあ、じゃあ行ってきなさい。風邪をひくから上に何か羽織ってからね」

「楸兄上」

「ん？」

「三兄は私にというか、弟に甘いのだ。そして楸兄上も自覚はないが私に甘い。この私の兄としては上出来だと思う」

龍蓮は手早くいつもの馬鹿な衣裳《いしょう》を身につけると、風のように駆けていった。

楸瑛はその背を見送ったあと、弟の言葉にふと苦笑した。――確かに、どこぞの兄弟たちほどあからさまではないが。

そうかもしれないと、思った。

四

翌日夕刻、秀麗と影月はてくてくと藍家へ向けて往来を歩いていた。紅区から藍区まで――それも一等地の藍邸まではかなり遠く、二人とも午前《ひるまえ》から歩きづめだった。ちなみに金を払って軒《くるま》に乗るという発想はともに選択肢にない。

「……う〜……遠いわね」

「……秀麗さん、なんかじろじろ見られてる気がするんですけどー」

「私もよ。胸にさしてるこの羽のせいじゃないの？　やけに大きくてふさふさして持ち主同様ド派手だもの」

「うーん……ちょっと違うような……？」

突然、二人の前にいかにも強面《こわもて》な男たちが数人立ち塞《ふさ》がった。

秀麗は嫌な予感がした。……前にもこんなコトがあった気がする。

「……ねぇ影月くん、まさか、昨日うちでお酒盗み呑《の》んだりとかした？」

「め、滅相もないですッ！　いやでも記憶がなくなるからちょっと自信は」

今度は、上品な香とともに秀麗はうしろから誰かに抱きしめられた。

「……やぁっぱり秀麗ちゃんたちかい」

「胡蝶妓《ねえ》さん!?」

「ふふ、久しぶりだね。二人とも、試験お疲れ様だったねぇ。出来は訊《き》かないけど、別なことを訊かせておくれね？」

絶世の美女は影月の持つ羽をしなやかな指先でつついた。

「二人が胸にさしてる羽の持ち主、一風変わった格好した二十歳前後のぼーやと昨日一緒に歩いてたって二人を捜してるんだけど、身に覚えはあるかい？」

凍りついた二人を見るなり、胡蝶は即座に指を鳴らした。

「決まりだね。貴陽親分衆の一人として、ちょいと連れてかせてもらうよ」

ズラリと屈強な男衆に囲まれ、いつもは優しい胡蝶がなぜか怖い。

「あ、あの胡蝶ねえさ」

胡蝶はふ、と切ない溜息《ためいき》をこぼした。

「さすがに今度ばかりはあたしもかばいきれなくッてねぇ……。恨むんならあの孔雀《くじやく》ぼーやを恨んでおくれね、秀麗ちゃん」

秀麗は絶叫した。

「……あのバカ今度は何やらかしやがったのよぉおおお――――っっっ!!」

つい昨日、父に告げた言葉を撤回してべこべこにして土に埋めたいと、秀麗は激しく後悔したのであった。

貴陽親分衆が勢揃《せいぞろ》いするなか、秀麗と影月は冷や汗を流して正座していた。

「……あの、そ、それであのバカ……」

胡蝶が悩ましげに腕を組んだ。

「そう、たった一晩で城下ほとんどの賭博場《とばく》に乗りこんで、勝ちに勝ちまくってくれたせいで、うちらに回ってくるあがりまで全部もってかれちまったのさ」

親分の一人が秀麗を睨んだ。

「勝つのはかまわねぇ。けどな、いくらなんでも荒らしすぎだ。礼儀ってモンがあるだろうがよ、博打打《ばくち》ちとしてよ」

「ば、博打打ち……」

秀麗はぷるぷると震えた。影月はもはや言葉もない。

「名前もなんもいわなかったが、あの格好だろ？　お前たちが一緒に歩いてたっつー情報が入ってな。わりぃな。ちっとばかり餌になってくれや。紅師《せんせい》に誓って怪我させたりゃしねぇ」

そのときだった。

不意に室《へや》の外が騒がしくなったかと思うと、扉が蹴破《けやぶ》られた。

「――我が心の友らを人質にとるとは何たる非道外道不届き千万万死に値するッ!!　天に

成り代わって成敗っっ！」

秀麗と影月はポカンとした。……一瞬、本気で誰かわからなかった。

「……りゅ、龍蓮⁉」

龍蓮は二人を見て顔を輝かせた。

「心の友其《そ》の一其の二！　無事だったか⁉　もう大丈夫だ！」

「何そのマトモな格好！　あんた誰⁉」

「私も非常に不本意だが、あれは着替えに時間がかかるのだ」

長い髪をたなびかせ、楸瑛のものと思われる雅な衣を羽織った龍蓮は、タダの美青年になっていた。龍蓮は手にした包みを憤然と卓子に置いた。軽い音がその場に響く。

「この私がまっとうな手段で稼いだ小金を横からくすねようとは噴飯ものだが、友の命には代えられぬ。たかが小金でここまでするとは……昨日の稼ぎはここにある。これで友らを返していただこう」

義侠心《ぎきょうしん》厚い親分衆はカチンときた。

「おら元孔雀、勘違いしてんじゃねーぞ。金は大事だが、先に博打打ちとしての礼を欠いたのはお前のほうだろが。一日一賭場、ある程度稼いだら颯爽《さっそう》と去る。その博打場全部モノにしたかったら胴元相手に勝負する。だろ？　しかるに昨日のお前はどうだ？　城下の博打場そうざらったあげく、胴元が出向く前に金だけもってトンズラこきやがった。おかげで金の回りが止まって下の奴らは死活問題よ。ちょいと説教聞いてけや」

それに、と軽い音を立てた包みを見る。

「これが昨日の上がり全部か？　明らかに少ねぇだろ。どっちが金に汚ねえんだてめぇ。ダチの命より金のが大事ってか」

今度は龍蓮が腹を立てた。

「私がくすねたとでもいうのか？　友の命がかかっているときに金など論外。これは帰る途中換金したのだ。いっとくが昨日の稼ぎ以上の価値があるものだ」

その言葉に一同は包みに興味を抱いた。龍蓮は「小金」と言っているが、はっきりいってあれだけの上がりなら人生を三回はやり直せる。

「なんだぁ？　宝石《いし》かなんかか？」

好奇心をくすぐられた親分の一人が、何気なく包みをほどいた。

そこから転がりでたモノは――。

からーん、と誰かが煙管《きせる》を落っことす音がした。無言というか絶句。龍蓮以外の誰もが心身ともに芯《しん》から凝固した。

いちばん先に悲鳴を上げたのは、ソレともっとも関係の深い秀麗であった。

「……ぎゃーいや――――――っっっ!!　何その顔っっっ!?　顔よね!?　父様の顔剝《は》ぎ取られちゃったわけ!?」

「おおおお落ち着いてくださいい秀麗さん！　あれ仮面ですよものすごくそっくりですけど大丈夫ですだってここにくる前ちゃんと邵可さんに顔ありましたよ！　いや……あ、ありましたよね？？？　あった…はずですよね……？」

あまりの精巧さに影月の思考能力も障害をきたした。

龍蓮は至って淡々と説明した。

「昨日帰る途中、前後不覚そうにふらふらと歩いていく男がいてな。そのさいコレを落っことしていったのだ。見れば、何と見事な出来映えの仮面ではないか。いやそれよりもこの骨格からして明らかに我が心の友其の一に関係の深い人物。悪用されてはならじと懐にこっそりしまったところ、その前後不覚男がいきなり覚醒《かくせい》して猛然と追いかけてきたのだ。『〝少し困り顔〟を返せぇえええ』と」

「す、〝少し困り顔〟……」

確かに〝少し困り顔〟である。

「これはやはり何かに悪用するつもりと察し、しかし盗っ人はいかんとかわりに稼いだ金品を置いてきた（＝叩《たた》きつけてきた）のだが、まるで目もくれずに追いかけてきたので、やはり何かやましいことがあったのだろう。父上危機一髪だったのだぞ心の友其の一」

「……どこの妖怪《ようかい》よそれ……」

だいたい父の〝少し困り顔〟をどんな悪事に運用できるというのか。

胡蝶は大胆にも邵可の〝少し困り顔〟仮面をちょんとつついた。

「……おやまぁほんとよくできてること。なんかいっそ執念を感じるねぇ」

「というわけで、昨日の金はこれになったのだ。私にとっては昨日の小金などより遥かに価値あるモノだ。不満か」

うっと親分衆は言葉に詰まった。金より友の父仮面（しかも紅師）のほうが価値ありと断言され、なまじ義侠心に富んでいる親分衆にこの言を叩き返すことはできなかった。むしろ普段なら各々「その心意気やよし！」と笑い飛ばすところだが、何せもってかれた金額が半端でない上に、説教しようと思っていた本人に言われたので、胸中かなり複雑であった。

「さあ、交換に応じるか否か⁉」

むしろもって帰れ、と言いたかったが、それではケジメがつかない。

「……い、いいだろう。だが落とし前のぶんがまだ残ってるぜ。覚悟はいいいな？」

「ちょうど良かった。私もまだ用がある」

「は？」

「友を拐《かどわ》かしたそなたらだ。友の父仮面を残していってはいかな悪事に利用されるか知れぬ。正々堂々と取り返させてもらう」

龍蓮は悠然と中央に据えられた卓の一角に座ると、賽子《さいころ》を二つ無造作にふった。それを見た親分衆の色が変わった。

——勝負を挑まれた。

「勝ち抜き戦を挑む。私がそなたら全員に勝ち抜いたらあの父仮面をもらう。負けたら言い値を払おうではないか」

こんなふざけた挑戦状を親分衆に叩きつけた相手は久々だった。しかも相手は一晩で貴陽賭博場を荒らしまくった男。遠慮はなかった。

「遊戯は決めさせてやる。何でだ？」

「三対一、札〝龍《りゅう》〟で」

「上等だ。泣かしてやんぜ小僧」

即座に残りの三角が埋まった。

秀麗と影月は何がどうなってこんなことになっているのやら、ただ呆然《ぼうぜん》と見守るしかなかった。二人のそばに寄ってきた胡蝶が肩を竦《すく》めた。

「男ッてのはまったくバカだねぇ。ま、大丈夫さ、夕餉《ゆうげ》の前までに決着つかなそうだったら、あたしがつけてやるからね」


――龍蓮の勝負強さは半端ではなかった。貴陽親分衆にまでなりあがった男たちのほとんどが、かつて名賭博師として知られた猛者《もさ》だ。その彼らを相手に龍蓮は次々勝ち抜いた。

「〝神龍飛翔《ひしょう》〟――私の勝ちだ」

平然とありえない揃い札を出してきた相手に、最下位となった親分がまた一人心底悔しそうに脱落した。胡蝶はちらりと外の日没を見た。

「さあ、次は誰が座る」

「あたしが」

嫣然《えんぜん》と微笑を浮かべ、胡蝶が空いた席に座った。途端、負け組親分連が色めき立った。

「よっしゃ胡蝶！　手加減すんなよ！」

「その小僧に人生のキビシサってもんを叩きこんだれや——！」

残っているのは親分連でも上格ばかり。彼らにはまだ勝負の行方《ゆくえ》を面白く見守るだけの余裕があり、このとんでもない若君にも勝つ自信はあったが、他の面子《メンツ》にとっては上座親分がひっぱりだされるだけで「負け」のような気になっていた。

最後の砦《とりで》とばかりに息巻く負け犬の遠吠《とおぼ》えを胡蝶はあっさり切って捨てた。

「ったく、情けない男どもだねぇ。負けた野郎どもは姮娥楼ふた月出入り禁止にするからね」

「…………っ‼」

悲愴《ひそう》な悲鳴が負け組親分連からあがったが、胡蝶は一顧だにしなかった。

「さあ、他は下がりな。あたしとこのぼーやの一騎打ちだ。まさか受けて立ってくれるだろうね？　かわいいぼーや」

胡蝶必殺の傾国の流し目にも、龍蓮はまるで動じなかった。

「その心意気女人として天晴《あっぱ》れ。受けて立とう。しかし友のため、女人とて容赦はせん。人類皆平等の精神で行く」

「ふふ、手を抜いてくれたらラクなんだけどねぇ。まぁ真剣勝負だ、あたしも手加減しやしないよ」

ざっ――と札が配られる。

龍蓮は札をとったが、胡蝶がまず手を伸ばしたのは別のモノだった。まるで賞品のごとく、きちんと立てかけられた邵可仮面を白い繊手でとりあげる。

「ちょいと、力を貸しておくれね紅師《せんせい》」

匂うような甘い囁《ささや》きを落とすと、胡蝶はなんとその仮面をおもむろに装着した。

「――――――――っっっ‼」

空気が凍りついた。それは怖ろしいほどの沈黙だった。

あまりに仮面が良くできているため、笑い飛ばすこともできなかった。顔は邵可で、肢体は妖艶《ようえん》かつ豊満な女性美の極致である。見えそうで見えないすばらしい胸元も瞬時に悪夢に様変わりした。極上のしっとりと白い脚線美も、邵可の顔だと悪夢以外のナニモノにも見えない。

そして、ここにきて初めて龍蓮も動揺を見せた。札に集中しようとするも、あきらかに仮面に気をとられ、チラチラと躊躇《ためら》いがちな視線を送りはじめた。

胡蝶だけがまったく動じることなく、邵可仮面を着けたまますっさと遊戯を進めていく。

「ほらぼーや、手が止まってるよ。早く山から次の札をおとり」

龍蓮の手は止まりがちだったが、それでもしばらくは札勝負は何とか進んでいた。しかし、あと一巡したら勝負というところで、ついに龍蓮は伸ばした手を下ろしてしまった。

「く……っ」

龍蓮の端整な顔が苦悩に歪《ゆが》んだ。

「私にはできない……っ！　相手は心の友の父上！　しかもそのような〝少し困り顔〟をされては……っ。友の父上を困らせていると思うだけで心が痛む」

問題はそこかョ！と誰もが心の中で突っ込んだ。

龍蓮は手持ちの札をひらいた。勝負の途中での、それは降参を意味していた。

「ふふ、勝負あったね。あたしの勝ちだ」

胡蝶が面をずらし、あでやかな微笑みを浮かべた。

「約束通り、価《あたい》を払ってもらうよ」

「……わかった」

「ぼーやじゃなく、兄として藍様に責任をとってもらおうか。ねぇ、藍様？」

ちらり、と胡蝶が扉を見た。

「……請求分の倍払わせてもらうよ胡蝶」

疲れた顔で入室してきた楸瑛は、弟の頭を押さえつけて自分も潔く謝った。

「愚弟がご迷惑をおかけして本当に申し訳ない。この埋め合わせは後日必ず」

「愚兄其《そ》の四」

「黙りなさい。私はいいが、これ以上君の友人たちに迷惑をかけるつもりか？　せっかくわざわざ夕飯の招待にきてくれたのに巻きこんで。もう日暮れだろう」

龍蓮は初めてその事実に気づいたように橙色《だいだいいろ》に染まった外を見た。そして秀麗たちを振り返り、親分連を見――ややあって、ぺこ、と頭を下げた。

「何か知らぬが、申し訳ないことをしたようだ。あとでよく夕餉を食しつつ原因を追及し、判明後心から詫《わ》びに来る」

胡蝶は秀麗に向かって邵可の仮面を放り投げた。

「これは秀麗ちゃんにあげるよ。紅師なら何か知ってるかもしれないしねぇ」

秀麗は自分の父の〝少し困り顔〟を不気味そうに見た。娘だから余計怖い。

「……ま、まあ確かにここまでそっくりにつくれるのは父様の知り合いしかいないわよね……。ていうかコレの目的はナニ」

仮面つながりで黄尚書《しょうしょ》が思い浮かんだが、すぐに打ち消した。あの人がこんな馬鹿な真似をするわけがない。

「どこのアホよこんなのつくったの」

楸瑛が何やら非常に複雑そうな顔をしていることに秀麗は気づかなかった。

そうしてお騒がせ龍蓮をひったて、四人は貴陽親分衆のもとを去ったのであった。

「藍楸瑛の弟だったのか……」

藍家なら確かにあれは「小金」に入る。

四人が去ったあと、呆然と呟《つぶや》いた一人の親分に胡蝶はくすくすと笑った。

「かの噂の『龍笛賭博《とばくし》師』に勝ったとなれば、あたしの株も少しは上がるかね」

「『龍笛賭博師』⁉　あれがか⁉」

「そうさ。十年くらい前から各地に時折ふらりと現れては物凄《ものすご》い荒稼ぎして風のように去っていくって噂の大賭博師はあのぼーやだよ。ただの一回も負けなし。破産に泣かされた胴元は数知れず。勝ったら必ず吹いていく『慰めの笛』でトドメをさして、ついた渾名《あだな》が『龍笛賭博師』。貴陽には初見参か。王都城下親分衆としてなんとか面子は守れたかね」

胡蝶は優雅に立ちあがった。

「さぁてあたしもそろそろ仕事の時間だ。ああ、さっき言ったとおり負けた野郎どもはしばらくは入楼不可だから、顔見せたら叩《たた》き出すよ。その間にツラと根性洗い直してきな」

涙目の男たちを残して見事に胡蝶も去っていった。卓子で開かれたままの札に目を留めた親分の一人がゲッと声を上げた。

龍蓮の札は、あと一枚で最強の一手『龍王降臨』の完成だった。そして胡蝶の札はといえば——まったく同じ『龍王降臨《りゅうおう》』。しかもこちらは完成していた。

『龍王降臨』をそろえるための札は、どれも山に一枚しかない。二組などできるはずもない。……どっちかが、もしくはどちらもがイカサマ師であった。

しかしあの『龍笛賭博師』の心を乱し、あまつさえ一歩先んじて『龍王降臨』の手をそろえて待ちかまえていた胡蝶。

「……さすがだぜ……」

誰も彼女には敵《かな》わない。

冷たい北風が心にひょうと吹いた。

五

「だから、心の友の負担を少なくするべくまっとうに稼いでいたのだ」

「博打《ばくち》のどこがまっとうよっ」

「違うのか？　私は今までそうして足りなくなった分を補ってきたぞ」

「あ、あのねぇ、藍家から送られてきてるぶんで満足しなさいよ！」

楸瑛が目をそらした。

「……いや、秀麗殿、実は龍蓮には放浪開始時に渡した金一両の元手以外、何も。自分の面倒は自分で見ろというのが兄たちの絶対方針で」

「ええっ!?」

影月は唖然《あぜん》とした。金一両は庶民には大金だが、藍本家の若様の旅支度にしてはあまりにも少なすぎる。というか多分、この羽飾り一枚にもならないはずだ。

「じゃ、じゃあのお衣裳《いしょう》とかって、もしかして……？」

「自前に決まっているだろう。開始時の金一両を元に増やしたのだ。あの場所がいちばんよく小金が増えるゆえ、なくなるたびに近場で見つけて稼ぎに行っていたのだが……なぜまっとうではないんだ？」

秀麗は冷ややかに楸瑛を見上げた。

「……藍将軍……」

「……文句は兄たちに言ってくれ……」

楸瑛は卑怯《ひきょう》にも責任転嫁をした。

「ところで我が心の友其の一、結局私は稼ぎをとられてしまったから、かわりになることをしたい。友として何か他に手伝えることはないか？」

疲れ果てていた秀麗は、もはや深く考えることもできなかった。

「……じゃあお金渡すから、夕餉《ゆうげ》の材料買ってきて。私は支度してるから」

「よし承った。今日はトリトリしい鶏鍋《トリナベ》を所望する。宿舎ではつつましく常に草草《クサクサ》しい菜っぱ鍋だったからな」

秀麗のこめかみに青筋が浮いた。楸瑛はさりげなく弟の足を踏んづけて黙らせた。

「ところで秀麗殿、私も今日夕餉をご一緒していいかな？」

「？　ええ、もちろんどうぞ」

「ありがとう」

魅力的な笑顔とは裏腹に、楸瑛の心中は心底安堵《あんど》に満ちあふれていた。

あの邵可仮面をつくらせた本人はその情報網を最大限に駆使し、龍蓮の身元を突き止めていた。寸前で親分衆のもとに逃げ込んだが、どう考えても藍邸で待ちかまえているに違いなかった。ここは先手を打って、某尚書が足を踏み入れられない唯一の場所に逃げ込み、あの仮面を秀麗経由で渡してお説教をしてもらうしか楸瑛の助かる道はなかった。

（……あの人とタメをはれるのは藍家《うち》でも兄たちくらいだからな……）

邵可邸につき、仮面を見せると邵可は沈黙し、ややあってにっこりと笑った。

「うん、大丈夫。心当たりはすごくあるから。あとでよくお説教しておこう」

――後日、しばらく吏部《りぶ》の氷の長官は引きこもり状態に突入した。そして紅黎深の邵可邸お宅訪問はまた延びた。

また、鶏を買いに行ったはずの龍蓮の帰りはなぜかずいぶん遅かった。そして帰ってきた龍蓮は鶏でなく別なものをもっていた。秀麗は差し出されたものが何か、理解できなかった。

「……何コレ……」

「見るからに藁《わら》しべだな」

「夕飯の材料はどこよ」

「巡り巡ってこの藁しべになったのだ」

……逆の話ならお伽噺《とぎばなし》でよく聞くが、金を持って出て巡り巡って藁しべになるなど聞いたこともない。

聞くと、龍蓮はまず金で大豆を買い、大豆を卵と交換し、卵を葱《ねぎ》と交換し、葱を薪と交換し、薪を花束と交換し、花束と藁一束を交換し、最後に藁みのを編むための藁を風に飛ばされて泣いていた女の子にこの藁しべ一本のぞいて全部くれてやったということだった。

途中の変品はすべて龍蓮独特の意味不明な思考回路によるもので――というかなぜ鶏鍋《トリナベ》材料をそろえるのに最初に大豆を買ったのかからしてわからない――同情の余地なしなのだが、最後ばかりはまぎれもなく善意の行為のため、秀麗は怒るに怒れなかった。

「……わ、わかったわよ……。そーゆーことなら、し、仕方ないわね」

そうして今夜もまた草草しい食卓と相成ったのだが、龍蓮も文句は言わなかった。

いわんや兄・楸瑛においてをや、である。

終

その晩――邵可と楸瑛は美しい月を肴《さかな》に盃《さかずき》を酌みかわしていた。

時は深更――ぴろョら～と下手くそな音が庭院《にわ》の向こうから微《かす》かに響いていた。龍蓮が初訪《はつおとな》いの邵可邸にえらく感激して、まだ庭院の散策をしているのだ。

『なんと！　このような場所に我が終《つい》の棲家《すみか》にふさわしき邸《やしき》があったとは驚きだ。屋根の傾き具合、塀の崩れ具合、瓦《かわら》と石畳の剝《は》がれ具合、悲しい努力が垣間見える数々の補修作業、ほどよく生えた雑草――まさに自然と一体になっている風流かつ素晴らしい邸だ。裏庭にちらりと見える畑も自給自足の見事な精神。すべて及第点だ。同志だったのか友よ』

――弟のせいで自分の株まで果てしなく大暴落していくと、楸瑛は心底危機感を抱いた。

秀麗と影月は夕餉のあと、あの笛の音から逃げるように臥室《しんしつ》に飛んでいってしまった。今頃は寝台に丸まり、風に乗って時折届く音に耳を塞《ふさ》いで必死に眠気を引き寄せようとしている頃だろう。龍蓮の笛は下手くそなくせに微妙に耳に残るため、余計始末が悪いと楸瑛は思う。

不意に、笛の音がやんだ。

楸瑛は邵可でなくばわからないほど、ごく一瞬だけ動きを止めた。……それから自然な仕草で盃を干した。

（さすが藍将軍）

邵可は感心した。意識だけで庭院の気配を追いながら、楸瑛に瓶子《とっくり》を差し出した。

「兄君たちは、お元気ですか？」

楸瑛はその瓶子をとり、先に邵可の盃に酒をついだ。

「それは邵可様のほうがよくご存じだと思いますよ。私のところには主上の一行恋文《こいぶみ》よりさらに短い簡潔文しかきませんから」

「そうなのですか？　私には折々にいつも丁寧なお文《ふみ》をくださいますが……」

「そんなマメさは邵可様にだけですよ」

邵可は物思わしげに溜息《ためいき》をついた。

「昔から、黎深が兄君たちに色々とご迷惑をかけてきたのに、今も良くしていただいて本当に嬉《うれ》しく思います。同い年なのに、なぜもっと仲良くできないのかな……」

「…………」

現紅家当主と藍家三つ子当主は大変仲が悪かった。が、その理由を多少なりとも知っている楸瑛には何も言えなかった。

「……酒の上の戯《ざ》れ言と思って下さい」

楸瑛は邵可に告げた。

「……邵可様、兄たちは私が国試に及第した時、珍しくひと言いいました。『府庫《ふこ》に行け』と」

「…………」

「府庫に行ってすぐ、その意味がわかりました。……あなたが政事《まつりごと》に参画すれば、兄たちの退官とともに引き揚げさせた藍姓官吏の復帰は間違いなく早まります」

さや、と夜風が木々を揺らした。

邵可はゆっくりと盃を飲みほした。そして、穏やかに笑った。

「それは、今のこの国にとって大事なことではありませんよ、藍将軍」

だから、と邵可は王を思う。

彼がきたのも、それが目的ではない。


心のままに迷惑な笛を吹いていた龍蓮は、足を止めた。

目の前に、忽然《こつぜん》と一人の青年が立っていた。

「そなたの答案、見せてもらった」

人影は、ゆっくりと口をひらいた。

「間違いなくそなたは上位三名に入る。藍家当主たちとの約定通りに」

「用件は」

龍蓮は名も問わなかった。相手も聞かなかった。それは無意味なことだった。

「藍家の者として国試及第を果たしたそなたに会いにきた。藍家当主たちに伝えるがいい。王は会試後二日で藍龍蓮に会いにきた――と」

つと龍蓮の目が細められた。

「他に伝えることがあれば承ろう」

「朝廷は、藍家直系や、藍姓官吏がいなくてもやっていける」

人影はためらいなく言い切った。

「藍家は確かに重要だ。だが、眠れる龍《りゅう》たちがこのまま起きずとも何ら問題はないと思っている。今の臣で余は充分満足しているし、これからも自前で育てていく。藍家の助力を仰ぐことはあるかも知れぬが、媚《こ》びへつらうことはしない。王として、見えない相手をいつまでも当てにして期待することはできぬ」

だが、と彼は続けた。

「龍が目覚め、再びその力を貸してくれるなら、喜んでその手を取ろう」

王が藍家に試される——藍龍蓮の国試受験が判明した時から、朝廷最高官たちにはそれがわかっていた。会試後が勝負だった。だから息を詰めて見守っていた。

藍家当主たちがまず札をきった。『藍龍蓮』の国試三位以内での及第。朝廷において『藍龍蓮』を、王がどう扱うか——従うべき王の器か否かを測るために。

「楸瑛が及第したとき、余は何もしなかった。だから楸瑛は武官に転向した」

動こうとしなかった末の公子。藍家は見切りをつけた。おそらくは楸瑛自身も落胆したのだろう。だから文官をやめてしまった。武官として残ってくれたのは本当に幸運だったと思う。

「だが、藍家はもう一度機会をくれた。おそらくは最後の。逃すには、今はもう勿体《もったい》なさすぎる。だからきた。伝えてくれ。紫劉輝は期待せずに待っていると」

「兄たちとの約束だ。承る」

「藍龍蓮」

「何か」

「藍家当主になるつもりがあるか？」

「ない」

「では官吏になるつもりは？」

「以下略」

龍蓮は即答した。ふいと秀麗たちが休んでいるはずの室《へや》を見た。

「……私は、おそらくそういったものを望んではいけないのだと思う」

それ以上は言わなかった。そしてもはや王などいないがごとく、再び笛を吹こうとしたが、機先を制された。

「藍家の者ではなく、ただの龍蓮としてのそなたに頼みがある」

龍蓮が答える前に、劉輝は懐からあるものをとりだした。それは、夏に燕青から預かった、茶州州牧《しゅうぼく》をあらわす印と佩玉《はいぎょく》だった。

「いずれ、新州牧たちのためにこれをみやげとして会いに行ってもらいたい」

「…………」

「藍家の者だからというのは二割、あとの八割は単にそなたが適任だろうと思ってのことだ。そろそろと思ったら、とりにきてほしい」

「…………」

「引き受けてくれるはずだ。余自身でそなたを動かせはしないが、彼らのためとなれば話は違う。気が向いたら、放浪先での話を書き送ってくれると嬉しい」

間諜《かんちょう》になってくれとの言葉に、龍蓮は憂鬱そうにした。

「愚兄にも言わず、か。ふ……楸兄上も信用のない」

「心から信頼している。だが楸瑛はそなたと違って精神的に藍家のくびきから離れられない」

「楸兄上はともかく、上の三兄には私が何も言わずともあなたの動向は筒抜けだ」

「構わない。別に隠そうとは思っていない。私が、他ならぬそなたにこの頼み事をしたという事実が重要なのだ」

それもまた、藍家への一手。

龍蓮は黙ったままだった。彼にとって約束とはそう簡単にするものではない。実現すべきものの言葉は重い。

だから確実なことだけを口にした。

「友を訪《おとな》うのにそのみやげだけでは何ともつまらなく風流に欠く。季節は夏から初秋か、梨もつけることにしよう」

まるですでに起こったことをなぞるような口調だった。

今度こそ笛を吹き始めた龍蓮に、人影も静かに姿を消した。

邵可邸をでた彩雲国《さいうんこく》国主紫劉輝は、供をしてくれた静蘭にホッと溜息をもらした。

「……とりあえず、やるだけはやってきました、兄上」

「兄上はやめなさい。私も敬語になりますよ」

劉輝は慌てた。

「や、やめます」

兄が笑う。

「……それにしてもまさか私が退いた後に『藍龍蓮』が出るとは思わなかったな」

「朝廷には入らないと言ってました」

「当然だ。『藍龍蓮』は藍家を動かせる。朝廷に入れば、藍家は王の意のままになります と公言しているようなものだ。だから藍家当主たちは『官吏になること』でなく『国試に三位以内での及第』を約束させた」

はい、と劉輝は頷《うなず》いた。そして少し嬉しそうに兄を見た。

「……無理を聞いてくださってありがとうございました」

「今回ばかりは、絳攸殿も藍将軍も君の傍にはいられないからね。どちらも王を見極める紅藍両家長の関係者だ。でも私は何もした覚えはないが？」

「傍にいてくれただけで充分です」

「甘やかすのは、今夜だけだよ」

静蘭は劉輝に訊《き》いてみた。藍家兄弟のなかで、静蘭は藍龍蓮にだけ会ったことがなかったので。

『藍龍蓮』はどんな少年だった」

「少年……」

確かに兄の実年齢からいけば十八歳の彼は「少年」かもしれない。

「やはり藍楸瑛と似ていたか？」

「あ、似てました」

物凄《ものすご》く失礼なことを劉輝は言った。

「……でも、楸瑛より深い。変人と聞いてましたが、まともに見えました。けれどそれさえも彼の真実ではないような気がします。多面の一つというのでもない。縒《よ》り縄みたいなものです。一つに見えても中は個。私はその中の一本を引き抜いただけで、それが彼の真実を含んでいるのかさえわからない。……触れはしても、まったくつかめなかった」

「まさに『藍龍蓮』――藍家そのもののような若君だな」

いつだって、完全に掌握することを許さない、彩七家の筆頭名門。

「さて、もう行くか」

二人は、唯一兄弟として過ごせる城までの短い道のりを、ゆっくりと歩いていった。

会試の結果発表の日――。

榜示《たてふだ》に紙が大きく張り出された瞬間、誰もがある一つの名を凝視した。

しーん、と不気味な沈黙が辺りを覆った。次いでぼそぼそとした囁《ささや》き声が漏れる。

『……榜眼《ぼうげん》？』

『あいつが榜眼？？？』

秀麗と影月は、その名を挟んで並ぶおのが名にもしばらく気づかぬほど絶句していた。

秀麗よりは懇々と話すことが多かった影月はその才に気づいていたが、さすがにあれだけ何もしないで榜眼及第とは思わなかった。そして秀麗はといえば――。

「ああ、受かったな。これで兄たちとの約束は果たした。それにしても三人仲良く名が並ぶとは、やはり心の友たる証といえような」

秀麗はくわっと目を剝《む》くと、背後の孔雀男につかみかかった。

「なんっっってぐーたら寝てご飯食べて笛吹いてただけのあんたが榜眼及第なのよ――――っっっ!!　世の中なめきってんじゃないわよ龍蓮っっ!!」

それは受験者全員の内心を如実にあらわした、実に的確な叫びであった。

龍蓮が、進士式を敵前逃亡するにはまだ間のある、冬の終わりの出来事だった。

本書は、平成十八年九月、角川ビーンズ文庫より刊行された『彩雲国物語　紅梅は夜に香る』を加筆修正したものです。

「王都上陸！　龍蓮台風《タイフーン》」は平成十八年四月に角川ビーンズ文庫から刊行された『彩雲国物語　藍より出でて青』より収録しました。

彩雲国物語《さいうんこくものがたり》

九、紅梅《こうばい》は夜《よる》に香《かお》る

雪乃紗衣《ゆきのさい》

令和2年 1月25日 初版発行
令和6年 5月30日 10版発行

発行者●山下直久

発行●株式会社KADOKAWA
〒102-8177 東京都千代田区富士見2-13-3
電話 0570-002-301(ナビダイヤル)

角川文庫 22001

印刷所●株式会社KADOKAWA
製本所●株式会社KADOKAWA

表紙画●和田三造

●お問い合わせ
https://www.kadokawa.co.jp/（「お問い合わせ」へお進みください）
※内容によっては、お答えできない場合があります。
※サポートは日本国内のみとさせていただきます。
※Japanese text only

ISBN 978-4-04-108742-8 C0193

角川文庫発刊に際して

角川源義

第二次世界大戦の敗北は、軍事力の敗北であった以上に、私たちの若い文化力の敗退であった。私たちの文化が戦争に対して如何に無力であり、単なるあだ花に過ぎなかったかを、私たちは身を以て体験し痛感した。西洋近代文化の摂取にとって、明治以後八十年の歳月は決して短かすぎたとは言えない。にもかかわらず、近代文化の伝統を確立し、自由な批判と柔軟な良識に富む文化層として自らを形成することに私たちは失敗して来た。そしてこれは、各層への文化の普及滲透を任務とする出版人の責任でもあった。

一九四五年以来、私たちは再び振出しに戻り、第一歩から踏み出すことを余儀なくされた。これは大きな不幸ではあるが、反面、これまでの混沌・未熟・歪曲の中にあった我が国の文化に秩序と確たる基礎を齎らすためには絶好の機会でもある。角川書店は、このような祖国の文化的危機にあたり、微力をも顧みず再建の礎石たるべき抱負と決意とをもって出発したが、ここに創立以来の念願を果すべく角川文庫を発刊する。これまで刊行されたあらゆる全集叢書文庫類の長所と短所とを検討し、古今東西の不朽の典籍を、良心的編集のもとに、廉価に、そして書架にふさわしい美本として、多くのひとびとに提供しようとする。しかし私たちは徒らに百科全書的な知識のジレッタントを作ることを目的とせず、あくまで祖国の文化に秩序と再建への道を示し、この文庫を角川書店の栄ある事業として、今後永久に継続発展せしめ、学芸と教養との殿堂として大成せんことを期したい。多くの読書子の愛情ある忠言と支持とによって、この希望と抱負とを完遂せしめられんことを願う。

一九四九年五月三日

彩雲国物語

七、心は藍よりも深く

雪乃紗衣

迫りくる別れのとき——。超人気ファンタジー！

久々の王都で茶州《さしゅう》のための案件《ゆめ》を形にするため大忙しの紅秀麗《こうしゅうれい》。飛び交う縁談もそっちのけで働く秀麗を、彩雲国国王の紫劉輝《しりゅうき》も複雑な心中を抑えて援護する。しかしそんななか届いた手紙で、秀麗は茶州で奇病が発生したことを知る。しかもその原因と言われているのは予想だにしないことで……。恋をしているヒマもない！　風雲急を告げる、超人気・極彩色ファンタジー第7弾。アナザーエピソード「会試直前大騒動！」を特別収録。

角川文庫のキャラクター文芸

ISBN 978-4-04-107759-7